詩詞上海

系列丛书

2013 第一卷

（总第七卷）

主　编：褚水敖
陈鹏举

上海市作家协会　主管
上海诗词学会　编
文匯出版社

图书在版编目(CIP)数据

上海诗词. 2013. 第1卷 / 褚水敖，陈鹏举主编.
—上海：文汇出版社，2013.8
ISBN 978-7-5496-0944-4

I. ①上… II. ①褚… ②陈… III. ①诗词—作品集—中国—当代 IV. ①I227

中国版本图书馆 CIP 数据核字（2013）第 177528 号

上海诗词

主　　编 / 褚水敖、陈鹏举
编　　著 / 上海诗词学会
责任编辑 / 甘　棠
装帧设计 / 于　飞

出版发行 / 文匯出版社
　　　　上海市威海路 755 号（邮政编码：200041）
经　　销 / 全国新华书店
印　　刷 / 上海康城印务有限公司
版　　次 / 2013 年 8 月第 1 版
印　　次 / 2013 年 8 月第 1 版印刷
开　　本 / 1/16
字　　数 / 220 千
印　　张 / 13
书　　号 / ISBN 978-7-5496-0944-4
定　　价 / 25.00 元

丛书编委会名单

卷首语

诗国梦寄中国梦

上海诗词学会第六次会员代表大会召开有感

■友 竹

2013年5月19日，天公作美，将绵延多日的雾霾阴雨一扫而去，让睽违已久的蓝天白云焕然而出。上海诗词学会的八十一位代表在市作协大厅举行大会，通过了上届学会工作报告和修改后的章程，经民主选举产生了新一届理事和会长办公会议成员。大会在全体代表的热烈掌声中圆满结束。

这是上海诗词学会第六次召开会员代表大会。学会成立于1987年，迄今走过了二十六个年头。二十六年来，学会凝聚了一大批著名古体诗词作家、学者和爱好者，致力于继承弘扬诗词这一民族文化瑰宝，主动地探寻传统诗词文脉在当代的延续理念和振兴方法，在创作、研究、传播、普及等各领域都取得了很大的业绩，为当代文化建设提供了可贵的人文资源和有力的智慧支持。随着改革开放的持续深化、经济社会的快速发展、人民生活的日益富足，如今文化对于社会建设、民族复兴的意义和作用日益彰显，得到了党和政府与社会各界的高度重视和大力投入。党的十七届六中全会和党的十八大明确提出“推动社会主义文化大发展大繁荣”、“推进社会主义文化强国建设”的宏伟战略目标，并将民族传统文化的继承弘扬与创新发展作为核心内容之一。毋庸置疑，一个前所未有的良好发展机遇，一个责无旁贷的文化历史使命，已经出现在了当代广大诗词界人士的面前。

五年多来，上海诗坛有不少前辈、名家相继辞世，他们的高尚道德和精湛诗艺，为后人留下了宝贵的精神财富；也是这五年多来，一批中年诗人、学者的思想和艺术已臻成熟，更有新秀不断涌现，他们以自己的才华和努力，为诗词界带来了充沛的底气与旺盛的活力。学会的会员数量大幅增加，平均年龄明显降低，创作研究活动保持活跃，一个人才结构合理、业务成熟稳定、彼此互相推动的良好态势，已经基本形成。因此我们有理由对过去的继承，对现在的坚持，对未来的追求，都充满着自觉和自信。我们相信，今后五年乃至未来的上海诗词，必将涌现出更多体现时代精神、展示城市特点、反映大众心声，融思想性艺术性与可读性为一体的精品力作；必将涌现出更多凝聚现实思考和实践总结，反映诗坛现状、展望诗词事业未来，融学术性指导性与实践性于一体的理论成果，为上海国际文化大都市和社会主义文化强国建设作出应有贡献。

思想是极重要的。黛玉教香菱作诗，说是“什么难事”，“第一立意要紧，若意趣真了，连词句不用修饰，自是好的”。曹雪芹通过黛玉之口，言中了包括诗词创作在内的一切文艺作品创作的魂，即思想情感重于形式、决定形式。

生活是极重要的。思想情感，贵在真实，而真实的思想情感无不从真实的生活中来。所谓意象，便是包含了诗人思想情感的具体形象，如果对具体形象的体验不够真实，那么思想情感也就失去了附著的能力，也就难以令人信服和感动了。

艺术是极重要的。只有格律没有思想的诗词，还不如批量生产的花瓶；只有思想没有格律的诗词，则不如没有赛道的跑车。应该看到，格律之于诗词，如同程式之于戏曲，其本身便是内容展示和艺术呈现的一部分；但更应看到，诗词的艺术绝不仅仅限于格律，格律只是更高艺术的载体。当代诗人必须将艺术通过格律之初阶，登上意境的高端。

创新是极重要的。创新是诗人之所以成为诗人的原因和目的，但创新必须基于传统、出于敬畏、见于功底并努力达于美善。传统的现代化是今人面临且必须解决的一大课题，尤其是拥有数千年历史积淀的诗词，亟待在尊重与保护的前提下，发掘其现代性和生命力；而时代的要求和大众的需求，更应成为当代诗人在创作、理论两个层面实现创新的主动力。总之，当代诗词的创新，必将是在继承基础之上的、是在时代要求之下的、是在大众需求之中的。

传播是极重要的。这是个信息的社会，也是个多元的社会，传统与现代同在，老派和时尚并存。因此，诗词的传播既要依仗网络、多媒体、电子信息等高科技手段，也要结合戏剧、曲艺、音乐、舞蹈、书画、影视等艺术载体的魅力，更要坚持笔墨纸砚等诗词自古而来的传统理念和形式。只有如此，当代诗词才能让尽可能多的人们感到亲近，进而成为人们的生活需求甚至心灵需求。

思想、生活、艺术、创新、传播，对当代诗人的道德素养、艺术造诣、文化敏感和实践锐气及韧性，都提出了极高的要求，包括在创作上要百花齐放、各显其能，在理论上要百家争鸣、求同存异，在机遇前要善于捕捉、勇于探求，在挫折前要沉着应对、百折不回，面对荣誉要谦虚谨慎、心态平和，面对利益要消除杂念、心境淡泊……这不仅是当代优秀诗人应有的操守，更是对当代诗词事业应负的责任。

最后，谨以一联一律祝贺上海诗词学会第六次会员代表大会胜利召开，并祝愿上海诗坛为了同一个目标和理想，齐心协力，在民族复兴的伟大进程中努力实现自身的繁荣发展。

联为：

诗国梦寄中国梦
一人心同万人心

律为：

上发诗骚传宋唐，海天今又待弘扬。
诗宜率性情弥切，词要曲心言自长。
学得古风添笔力，会当新意著华章。
换来好梦成佳境，届远歌吟慨复慷。

目录

卷首语

诗国华章

十八大颂章

海上诗潮

目录

霜林集叶

风云酬唱

重九诗翁会

荷影吟风

目录

雏凤清声

云间遗音

九州吟草

骚坛鸿雪

观鱼解牛

诗国华章

十八大颂章

■ 姜玉峰

观十八大开幕实况抒怀

万壑千山聆听音，经年种植木森森。
飞腾华夏炎黄远，改革风情儒道深。
勿使征尘遮望眼，宜从战地学弹琴。
静心憧憬康庄路，笃信前行遍地金。

■ 张立挺

浪淘沙　贺十八大闭幕

千载说虞唐，万里沧桑。东风后浪涌长江。滚滚波涛流大海，史话章章。　九月菊花黄，一派风光。接班舵手启新航。锚起笛鸣看远舶，装满希望。

■ 吴定中

于荧屏观十八大开幕

及时高会策神州，霏雾纷纭合见收。
再辟新途再放眼，拒行邪道拒回头。
有望悬念遂微愿，着意寻求问远谋。
顺应潮流与俱进，快登丰乐小康楼。

■ 张文豹

祝贺中共十八大胜利闭幕

春华秋实艳阳天，龙跃凤翔锦绣篇。
审视寰球明大势，统筹全局焕新颜。

人民福祉求增进，社会和谐保永安。
高举旌旗沿道路，中华特色史无前。

■ 季　军

富民强国

——学习十八大随感

民生科学百年求，社会和谐党领头。
特色大旗添异彩，小康建成展宏猷。

■ 顾守维

热烈庆祝中共十八大在京召开

——光辉盛会锦绣前程

高举红旗亮四方，中央俊杰出华章。
运筹帷幄高瞻瞩，巧计宏谋智慧光。
成就辉煌心喜悦，河山锦绣气轩昂。
开求继往前程美，破浪扬帆再远航。

■ 马光斗

欢庆中共十八大

大会来临喜信传，炎黄儿女尽开颜。
满腔热血酬华夏，一片丹心探奥天。

■ 周　华

喜迎十八大

金菊花开秋气爽，喜迎盛会北京开。
共商国是宏图绘，遴选英才良策裁。
党建不忘贪腐铲，民生关注小康来。
传承马列红旗举，美好前程喜满怀。

■ 李亦雄

庆祝中共十八大胜利召开

秋风送爽拂衣襟，蟾兔高悬似璧琳。
十八丰碑昭日月，九旬征路陟崚嵚。
建邦已洒先驱血，兴国还凭后继心。
今日欢呼新党代，谨防硕鼠毁琲琛。

■ 周　雨

喜迎十八大召开

京都十月胜新春，气爽风和不染尘。
聚会同声谋富国，相逢共举话强民。
倡廉反腐时时念，物质精神日日新。
特色中华路宽广，英贤辈出领航人。

■ 赵继松

十八大颂

振兴科学业辉煌，探月追星志远航。
万众紧跟新领导，中华特色路昂扬。

■ 周道南

沁园春　听胡总书记十八大报告

亮眼银屏，济济群贤，民选而来。听宏音报告，辉煌成就；前程丽景，绝少灰埃。才俊立新，党章完善，举国欢腾诚壮哉。看诸位，总手翻文页，目屡旋回。　　分条十二聚焦，果然是光华万象开。喜人民生活，洵如春笋；外交策略。恰似冬梅。四溢芳馨，咸归众望，嘉树万邦手共栽。须稍待，会全球同乐，不见迂徊。

沁园春　习近平总书记与群众见面

勃勃英姿，儒雅风标，随掌声来。欣发言简要，嘤鸣亲切；闪光亮丽，玉洁无埃。实干兴邦，空谈误国，谁不同呼伟大哉。中国梦，已卅年过去，曲折迂回。　　试看换任诸贤，公私分明新居顿开。喜吃风立煞，徒嘘盛宴；买单归己，知嚼酸梅。腐水断源，惩贪加力，务使朽株不见栽。今而后，定高鹏远举，任意翔徊。

■ 卢景沛

水调歌头　黄河遐想曲

——颂十八大

浩瀚涌天水，澎湃贯神州。母河滋哺黄裔，繁衍似洪流。开拓禹疆天地，精演中华文化，璀璨冠寰球。近世痛遭难，河黯漫山愁。　　明辰耀，播星火，起宏谋。狼烟扫尽，移山改水壮心遒。九秩征程求索，十八湾头迈进，奋力上层楼。后浪追前浪，伟业续千秋。

■ 王瑜孙

踏莎行　遥祝东风劲

立足和平，方针前定。追求科学攀峰顶。为民首在体民心，不将希望存侥幸。　　两岸同探，富强途径。眺梁窟扰常怀警。聊将赤子爱亲心，凭轩遥祝东风劲。

海上诗潮

■ 周退密

元章词兄惠赠《天一阁》一册并安溪铁观音一磁罐小诗奉谢

乡梦常温天一阁，名茶拜赐铁观音。
不觉日来诗思涩，如逢秋燥获甘霖。

刘旦宅《八骏图手卷》

读画题诗亦快哉，穆王八骏破空来。
刘髯笔挟风霜气，信是腾骧磊落才。

浣溪沙

十月四日谷风兄自深圳转道杭州来沪枉存，是日忍庵闻讯来会，聚谈良久别去。赋此留念。

一别居然十七年，旧时容貌尚依然。养怡多福道心坚。　舍己为群勤献璞，捞鱼入篓愧非鲜。料难作脍到樽前。

■ 叶元章

有感（六言）

鬓边华发已多，寂怕无风起波。
多少旧时知己，依然泪眼婆娑。

自勉

新词一曲浪淘沙，难纾胸中万缕麻。
圣代今犹多腐恶，吾曹未可废涂鸦。

晚眺

登楼偶见暮山苍，山半层林隐夕阳。
一盏新陈论黑白，几行深浅杂青黄。
偷安时世迷残局，历劫琴书守草堂。
谁信老来心似水，每从耳目感沧桑。

浣溪沙　柬乐清诗友社

说赵崇翁续旧因，东南正气入吟旌。呕心沥血作诗人。　　翰墨生涯风雨袖，名山事业酒三巡。扬清激浊莫辞频。

注：赵崇翁，指南宋永嘉四灵之赵师秀、翁卷。

■ 陈鹏举

雨夜

自惦春温醉一尊，何堪疏雨夜敲门。
饮冰偏写寸肠暖，还泪曾医两眼浑。
寄迹长安难似荔，留名来世小逾鲲。
乌台人事风流尽，亦觉今生未足论。

■ 杨逸明

访蒲松龄故居

志异童年听入迷，故居初访更心仪。
屋于梦里曾经到，狐向园中何处窥。
石像髭须君正捋，布衣襟袖我能知。
今来欲借先生笔，再向人间揭画皮。

戏作风雪夜早睡

骤积寒云墨一洼，行人遭袭冻成虾。
闻窗缝里钻风片，见路灯前旋雪花。
围毯裹衾如结茧，缩头藏颈似棲鸦。
放翁僵卧思边戍，我愧襟怀不及他。

岁暮

往事愈遥愈可亲，漫空飘散化星辰。
灯前残稿多怀旧，窗外良禽欲报春。
流岁浑如增速度，吟翁更要稳心神。
何妨也学寒冬样，做个删繁就简人。

未老

步轻浑未觉年增，跨上台阶势若腾。
酒饮小杯忧即解，肉尝大块饭犹能。
世将财富当身价，我以诗人作职称。
憎爱敢言常脱口，身心可证老何曾。

■ 莫　臻

永遇乐　遥遥天路

癸巳端阳，九天上下，称贺相祝。一号天宫，飘然出入，万里情绵步。遥遥天路，神州十号，香粽豆沙唇顾。想当年，离骚求索，汨罗怀沙何故。　红铁火，翠坊精轧，大气山河吞吐。绿色宝钢，特殊材料，挺立中华骨。紫霄大漠，钻天入海，精品般般如助。凭谁问：夕阳已下？我当信步！

八声甘州　海梦

望端阳方度走蛟龙,海上梦云中。自古田园乐，蓝波冷落，血土殷红。海七州三无量阔，万宝蔽龙宫。却有人染指，扼腕流东。　　莫道此船老旧，向阳红似火，碧浪雄风。纵蛟龙潜底，高压自从容。好亲临、七千米下，畅情怀，园梦气舒胸。争知我，斑斓上海，雨后飞虹。

■ 刘永翔

老去即次逸明兄未老韵

衰病频随岁月增，羲和龙驭太骧腾。
眼浮旧恨难胜嗗，腹益新知愧不能。
懒拙分遭今日汰，冥顽早被少年称。
平生事事皆堪悔，曲学阿时喜未曾。

拙诗承诸君赐和褒扬无限惭惶敬叠韵赋此志感鸣谢

漫与闲吟逐岁增，遣怀何意博声腾。
不该朋辈皆怜老，遂使衰翁自觉能。
刘氏诗城浑未筑，杜家世业谬蒙称。
胸中一线明犹在，吐凤雕龙梦几曾。

诸君叠赐和章思穷本不能答兹竭蹶为之勉叠前韵以谢雅意

喜接琼瑶怅亦增，片云何计逐龙腾。
报君青眼高歌句，竭我枯肠苦索能。
才窘颇思来不往，年衰幸有病堪称。
谁犹记得江郎笔，险韵无难少日曾。

■ 汪凤岭

《新乐府》俚调六则

四年以来，飞走于大洋两侧，诗作渐少，文字见多，凡游历随感、观天坐想，涉笔篇什过百，得之约二十万言。乡恋无眠，深情有旧，“好山好水好无聊”，“去国幡然思爱国”。虽喜于彼岸气候环境秩序食品，终是不伏其精神水土而不愿入籍。时常归来，举目日新，戏以“新乐府”为躯壳、流行语为典故，打油数端，或有警醒。大凡于2013年夏。

观《对与决》

眼花迷乱叹斑斓，狗血一滩娘子关。
抗日屏前真过瘾，黑丝看了看红颜！

某周刊重睹

冲然大幅外人头，错杂行文万国楼。
灌水何妨非姓范，老爹胡子引潮流！

听《猎杀》主题歌

党比母亲心已铭，山歌此唱给谁听？
卖萌炮火横飞下，靡靡柔柔太不经！

闻书画从业人口数百万计

剥皮惊觉附毛多，书画万千如病魔。
若得收藏靖康耻，不教恶搞乱鸣锣！

见播《奇袭白虎团》

四十年来大戏回，中朝一梦叹悲催。
粉丝欢喜皮黄调，也悔儿郎作炮灰！

闻官场顺口溜

丛林深处翠微开，黑客暗中通捷才。
楼阁亭台皆有价，买官好比买田哉！

㊟：狗血，虚假而拙劣的编造；黑丝，原指女用黑丝袜，引申为轻薄风骚；灌水，没有价值的呼应；范，范儿、模样、气

派；卖萌，刻意显示可爱；恶搞，恶意搞笑，延伸为破坏原来内在；悲催，悲惨得催人泪下的缩语；粉丝，爱好者；黑客，原指能破解计算机侵袭他人而不为所知的人物，衍变为各行各业的神秘高人。

■ 茆　帆

题画

一

笔舞龙蛇起，林深曲水宽。
青烟飞动处，疑似画图看。

二

门外无多趣，砚田意兴宽。
高山随势尽，绿水藉风看。

题扇之一

春去夏回快似梭，秋光入眼惜寒柯。
千金肯换三冬后，怀里莎莎唱绿哥。

壬辰秋与诸友游阳朔

轻舟百里展青罗，旖旎萦回映绿波。
妙笔恨无图欲尽，鲛绡百丈不嫌多。

庚寅四月初八夜华林丈室听琴

风透禅房低柳梢，吟猱着意动春宵。
随君暂却浮生累，未弄梅花已寂寥。

■ 胡中行

藏头诗一组

贺定慧法师升座

六月二日，定慧法师荣膺沪上名刹沉香阁住持，比丘尼而升座为住持者，其为当下沪上第一人。此亦为佛教界一大盛事也。

恭逢盛会虎邀龙，贺客嘉宾宝刹中。
定入三摩万念寂，慧生四谛一心空。
法遵观性承金钵，师出天童得道风。
升上云端看世界，座边簇拥百花丛。

恭贺民立百十华诞

恭谨何如实力先，贺兰山缺遍烽烟。
民因官戒康乾治，立在破中文景缘。
百载盛名归博雅，十方后学绍前贤。
华灯竞放邀明月，诞日醇醪酹逝川。

贺银都艺校二十年庆

卫郑诗风韵味长，强弓劲弩亦宫商。
小如虫吃大狮吼，弟作鹰扬兄燕忙。
事毁于随应愤发，业精以思莫荒唐。
有情无价来嘉会，成我真心献一章。

赠华东模范中学怡敏校长

华容故事义当头，模范群英史册留。
中道真言即正道，学究博识在深究。
成因十思郑公策，功败千帆隋帝俦。
双燕飞来鸣唧唧，通篇大论说春秋。

为吴宗锡评弹观研讨会而作

宗主书坛一马前，锡常苏沪盛丝弦。
先贤后学峰峦接，生蒋旦朱珠璧联。

评话惊奇噱内得，弹词神韵糯中传。
观人论史琵琶里，好把弘文入馆篇。

■ 姚国仪

读友人龙华牡丹诗有感

曾叩山门赏晚芳，欲承法雨洗荒唐。
谁知一别三年后，人事易衰花未黄。

次酬友人《五日》诗韵

艾叶为谁垂夕阳？榴花血色染书窗。
纵然衰发不胜白，依旧丹心殊未降。
骚客从来尊屈宋，兵家未必怯孙庞。
楚云飞度三千里，载得龙舟越浦江。

静安之韵

风韵静安何处寻？镶钻嵌玉市中心。
长街楼影披霞色，宝刹钟声起梵音。
八景园看云潋荡，四明村听月沉吟。
盎然沪上春光里，家国情怀贯古今。

■ 姜玉峰

岭南拾句

王朝云墓前吟

杭州西子惠州埋，亭筑六如偎祭台。
为妾甘随君谪徙，知音难得女贤才。

观岭南画派展

致力古今中外融，群贤彰显岭南风。
欲令温故知新意，人到麓湖成醉翁。

谒黄埔军校

军事良才黄埔生，共和抗日露峥嵘。
英雄名录千秋耀，热血华章万众倾。
文写丰碑高耸立，墨书警笛久长鸣。
远来欲得多知晓，不顾人疲仍笃行。

访惠州西湖东坡园

黜臣反比晋臣香，千载东坡名远扬。
对月长堤弹放曲，留云宝塔诉衷肠。
碑铭亲赋思王妾，文彦广交益惠乡。
翰墨一湖传轼迹，难寻当值使君郎。

平海览古

无意得观真古城，惠东平海踏春行。
四门香火看缭绕，十字街衢探纵横。
换岁楹联红万户，敬神龛案富三牲。
明朝废卫今朝宝，犹续齐家东鲁声。

■ 王铁麟

东山七章赋四纪前旧事（选五）

一

湖风摇落夕阳天，梦幻江南五十年。
昔日长街门巷里，娉婷宛似水青莲。

二

旧日风情旧日妆，青衣素裹亦辉煌。
吴侬话罢哥哥唤，愧煞当年小阮郎。

三

桃花流水几浮沈，禅院依山不可寻。
最忆老僧分粽日，斜阳笑语度金针。

四

两岸蝉声送落潮，清莼白水酒三瓢。
扁舟一叶随风去，飘向人间第几桥？

五

莫釐山里几青檐，三二茶娘一缕烟。
幸赖碧螺茸叶好，春风夜月数灯钱。

六

三朝风雨未曾停，洗得群峰一日青。
华盖金庵飘素帕，庭花暗递诵心经。

七

白石青帆泛紫光，顷筐湖岸捕虾忙。
渔舟载得谁家子，一水琴箫月在床。

■ 蔡慧蘋

人月圆　夜过甪直

檐牙交错纵横巷，青石板桥斜。墙迷一角，乌门破瓦，依旧人家。　　阑珊灯火，匆匆过客，谁逐繁华？长扉落锁，油柴米盐，声在窗纱。

柳梢青　秋日登姑苏盘门

吴越纷争，运河津渡，傍水高城。马道斜长，女墙有意，箭垛无情。　　薄云时节天青。近重九，风颠桂萦。顾盼东望，浮屠夕照，万道金橙。

摊破浣溪沙　瑞光禅院

岁岁瑞光塔影斜，须弥山下证莲花。风竹松涛竞相语，乘年华。　　无据鼓声天籁起，回廊上下步天涯。乌瓦粉墙楼阁绕，是邻家。

■ 王家林

大河吟

黄河

西上苍穹东入海，炎黄浩气蕴精神。
天南地北黄肤色，总把黄河比母亲。

尼罗河

热风热雨热沙蒸，酣畅淋漓睡眼睁。
邃谷行川流梦幻，写来瀚海古文明。

恒河

世界高峰一脉流，南坡草木绿油油。
圣河圣水常淋浴，烦恼驱除免苦忧。

莱茵河

莱茵河畔莱茵省，携手并肩两巨人。
饱察幽灵藏伟力，宣言字字主张真。

■ 张立挺

中秋

蟾光万里洒清凉，思绪良宵又脱缰。
子美数毫瞻白兔，东坡问宇把红觞。
蛩声隐隐添秋韵，月色溶溶透桂香。
情酿千年到今夜，此时怎不醉诗肠。

莫言获诺贝尔文学奖有感

写人写地写高粱。炽热情怀抱故乡。
闻恶眼中深识善，历炎笔下更知凉。
奚教文字飞寰宇，但为灵魂驻汉唐。
喜贺遂圆华夏梦，题诗作曲也荣光。

鹧鸪天　贺家兄七十寿辰

七十人生四季风，时将淡泊育心胸。手推太极招招正，笔注文章字字工。　　摇翠竹，照红枫，金秋融在桂香中。醇醪当使良辰醉，兄弟含情敬一盅。

唐多令　老连队朋友集体过六十华诞

时似大江流，人如搏浪舟。傲当年、奋战瀛洲。逝去风云多少事，峥嵘岁，已悠悠。　　重聚在金秋，霜痕两鬓留。满腔情、倾诉朋俦。笑对斜阳光万道，换新桨，望飞鸥。

■ 黄　旭

近闻某客剽人诗作有感

从打起兴风雅颂，文场无处不嗡嗡。
几多自诩离骚客，不是南城一叶公。

咏兰

东风昨夜到山崖，吹绽人间第一花。
可惜深藏幽壑里，芳馨能及几人家。

越王走马涧

秋风疏柳夕阳思，遗憾此生探访迟。
不是深山留胜迹，艰辛秣马几人知。

外宣村

绝世凌云三树王，茶花尊贵夺天香。
枫香千古冲霄汉，银杏八围犹欠长。

■ 曹志苑

柳梢青　祈福雅安

古道平沙，亭前逸野，鸟语风斜。谷米千年，鱼鲜椒艳，煮菊如花。　醒来谷雨惊涯，颤天地、残檐断芽。水泣青衣，雅安祈福，乡里望家。

柳梢青　谷雨雅安

石拓朱砂，天仙池冷，草阁飞斜。古迹平川，知时后感，谷雨春花。　蜀晨惊梦山涯，雅安泪、出荷乡丫。宅外青田，门头对子，还是邻家。

㊟：雅安多有古迹和特产，如石麒麟、盘龙亭、天仙池、青衣江，以及茶园、香谷米、雅鱼、花椒等，柳梢青词中之意原于此。

■ 邵征人

参加静安诗词社活动而作

书友汇群驱岁寒，雅居莫恋自身单。
坐看吟长辨谐趣，细听楹联析易难。
眼净尘空无可证，韵严词峭不容漫。
哀叹思涩少诗味，任凭两行到夜阑。

步胡中行老师韵作藏头诗

愿言文海济航头，惜却方舟为我留。
静观默识宜烂目，安心定志应深究。
诗肠鼓动依吟丈，词指通明赖匹俦。
社课时时修练狱，缘情体物绘春秋。

㊟：宋王禹偁《暴富送孙何入史馆》诗："跃身入三馆，烂目阅四库。"

■ 聂世美

癸巳端午有赋

悲音绝响更谁怜，湘沅遗风叹杳然。
蒲剑何曾辟邪恶，醉醒犹得费衡诠。
光摇日月终千古，魂返精神唯一船。
高柳寒蝉哀宋玉，噤声无复问钩弦。

㊟：钩弦，语本《汉书·五行志》"直如弦，死道边。曲如钩，反封侯。"又，杜甫《写怀二首》其一"达士如弦直，小人似钩曲"。

癸巳初夏雨後偕同仁登高邮文游台

星垂东岳①聚文魁，莽莽淮原高耸台。
千古心倾诗酒会，一邮②盂覆水天开。
林冈雨歇堆苍翠，风韵绵延浮碧櫑③。
怅望游仙④隔消息，盍簪堂⑤下久徘徊。

㊟：① 东岳，高邮城北东山之东岳行宫。北宋太平兴国年间苏轼过邮，曾与秦观孙觉王巩聚此煮酒论文。

② 一邮，谓高邮。公元前223年，秦王政于此筑高台，置邮亭，故名。盂覆：犹覆盂。秦观有诗云："吾乡如覆盂，地处扬楚脊。"

③ 碧櫑，酒杯。

④ 游仙，少游坡仙。

⑤ 盍簪堂，文游台之主体建筑。

赋泰州日涉园

苍虬蟠郁已千年，高阁来青翠接天。
山石抚琴谁继响，一波临镜独堪怜。
玲珑涉趣卧淮左，瘦漏通心拜米颠。
幽蛰陈乔送今古，三峰赋得贵云笺。

㊟：① 苍虬，乔园此松寿千年，乃镇园之宝。

② 高阁，谓来青阁，高凡三层，登阁四眺，淮甸尽收眼底，现二楼为古筝教习所。

③ “玲珑”句，此园被陈从周誉为“淮左第一园”。

④ “瘦漏”句，园中山石主峰立三石笋（太湖石），皱透漏瘦。

⑤ 陈乔，谓明太仆寺卿陈应芳及两淮盐运使乔松年。先后为园主。

⑥ 三峰，清梅曾亮赋有《三峰草堂歌》，三峰者，三石笋也。

安居朝阳园清晨独步

流莺婉转几多时，淡雾轻浮曙色迟。
露滴榴枝润花蕾，雀移风竹晃清姿。
天光虚薄地犹睡，凉意微侵人未知。
娇美红莲水中卧，小园淑景最相宜。

■ 喻石生

三更梦醒起而赋之

起身无寐索诗肠，暂共影儿成一双。
赋就不知风致月，已将素面贴西窗。

郑州返沪途中二绝

一

缓铺长卷欲题笺，霜满平岗晓月天。
一簇疏林稍远处，两三屋脊起炊烟。

二

寒凋丛树显孤村，平野尽头横彩雯。
一瞥前川舟泊处，莫知是鸭是鹅群？

立夏后阳台远眺

别春何处觅芳踪，望极晴烟遍绿丛。
透过邻家树阴里，原来一件晾衣红。

■ 童鹏程

冬日感怀

谋生计屡穷，勤苦志犹雄。
煮酒敲诗句，斟茶觅远踪。
蕉窗凭晓月，残雪覆梧桐。
归路多枯叶，惙然已暮冬。

癸巳除夕遣怀

浦江夜雪暗香飘，送瑞金蛇庆此宵。
调控何期松伟策，反贪有仗治虫雕。
一杯浊酒得欢乐，数盏青灯诉寂寥。
灯火满城江满月，百年旧事证铁桥。

题首艘航母入列

列装航母入军营，民众欣呈爱国情。
数代图强思蓝海，百年积弱树雄旌。
打薳倭寇倚长剑，捍卫和平赖赤缨。
守静睦邻藏智勇，辱华含怒待雷霆。

■ 袁拿恩

墨荷之一

袅袅檀香透窗纱，梅子初黄细雨斜。
午困惺忪多惹事，碰翻剩墨画莲花。

黄山抒怀

不厌登临觅稿图，黄山奇绝世间无。
天都峰立狮朝阙，云海浪横鲸戏凫。
乘兴浇淋湔砚水，随心游走草蚕书。
非因醉泼松烟墨，老眼笼纱看物糊。

金缕曲　寄画

斧削青峰数，那烟痕、无非心象，墨洇成付。如是山泉泠泠曲，洗却凡尘千缕。路漫漫、乐中清苦。直取性情真自在，笔生花、梦里开元女。公孙剑，怎生舞？　　韶华似水东流去，独空怀、丹青淡逸，记传心素。翰墨魂牵文人道，无雪经年难语。静泊处、听涛萍寓。砚海棹郎行寄远。笑因眠、借我三分渚。香一柱，有风与。

㊟：余取斋名静泊听涛楼。

满芳庭　梅花

料峭寒烟，洞庭波阔，西山梅树凌霜。一花先放，知晓早春凉。疏影横斜韵绝，教瑶瑟，三弄成章。偕松竹，腊年宾客，清梦共欢觞。　　莽茫。汀草碧，群芳遥隔，百绪回肠。看冰魂尘泥，含笑山梁。赞尔千秋气节，容我借、笔墨飞扬。怀云水，东风记取，每每念刘郎。

㊟：刘郎者恩师海翁也。师擅铁骨红梅，有琅琊石鼓之风，气足神完。

■ 邓婉莹

寒春

寒春多薄雨，西北隐尘霾。
独坐心难静，闲居客不来。
素弦凝白月，旧砚染青苔。
诗酒年华趁，宜将雅集开。

咏金陵折扇

开时圆转合时方，吹皱春江远黛长。
千树碧滋温玉骨，六朝金粉洒云裳。
戏邀蝶影题风月，漫点花痕叹盛亡。
若得心中清静地，何须挥袖逐炎凉。

无题

微灯疏影碧烟深，窥破帘栊魍魉侵。
半寐半明疑梦境，乍寒乍暖似人心。
探花咳血声声慢，绛草啼珠滴滴金。
坐看窗前圆月好，风邪扫尽照青襟。

■ 钟　菡

松江雅集

行至云间浑欲眠，银壶暗火煮山泉。
才分一盏难消渴，好涤尘心有管弦。

会上无聊作

新晴那得出罗帷，香径争无蝴蝶飞。
满座诗人都白发，谁为相对咏红衣。

赠友

长把虚情换酒钱，相看两厌度华年。
听琴品画知无份，泼墨敲棋岂有缘。
惯作妖言陪冷语，忍闻红袖傍青衫。
前生应是回眸懒，只得同乘不夜船。

■ 褚建君

木瓜

我欲明心迹，赠君以木瓜。
园中此生物，道是海棠花。

芦笋

席上石刁柏，无由隐真名。
空怀若芦苇，何故不虚茎。

芒种

细雨涔涔夏若春，闻鸡展卷有闲人。
无忧得失怀虚谷，淡忘功名远杂尘。
一帘芙蓉开且落。三行辞藻掩尤陈。
我今试做逍遥客，归卧南山悟道真。

■ 邱红妹

癸巳二月大明山游记

弥漫烟雨大明峰，闻瀑咆哮不见踪。
一阵寒风穿峭过，玲琅满目碧葱茏。

走马岗游记

传说越王曾练兵，探奇结伴十人行。
二株银杏崖前立，八棵青松顶上迎。
虽有马蹄痕迹著，却无剑气影踪明。
是非功过任评说，我信我游维我情。

步韵曹世清老师莘城小聚

岁近新春各正忙，莘城设宴聚群芳。
少陵雅韵三生石，曹氏遗风七步章。
即席推敲同赏析，当庭酝酿共飞觞。
老翁青少忘年客，酒后吟诗好自狂。

■ 龚伯荣

癸巳春节

东方报晓正春风，一夜烟花落叶浓。
忽见红梅枝头俏，迎来柳色又相逢。

元宵

春风一夜花千树，灯市三更月万家。
相映桃红依旧笑，折枝遥望寄天涯。

秦岭

巍峨秦岭渭河边，沃野关中秀色妍。
古道苍茫三万里，长城夕照两千年。
西行开辟丝绸路，东去真传赋韵篇。
史记春秋留岁月，我将落墨寄明天。

■ 傅　震

游览绍兴兰亭风景区

兰亭曲水吟神序，溏石闲鹅可识之。
今读爷孙双御笔，难攀父子二王辞。
惠风和畅迎逸少，快雪时晴成梦痴。
今者难能散怀抱，诗书何日再倾卮。

㊟：东汉蔡邕《笔论》：“书者，散也。欲书先散怀抱，忍情恣性，然后书之。”

清明心祭远征军将士

夕照缅邦佛塔胧，时闻雨夜戟钩重。
一竿征帜出云甸，十万青年血剑锋。
尚且蝼蚁有终穴，何堪英魄失归宗。
东西南北皆垂泪，敲响法华超度钟。

题荷童翁照

归来几日又辞身，村口爷孙望断尘。
恋父稚童唇语憾，念儿老者额纹新。
城中炊玉应知苦，乡里莼羹别有春。
也晓华胥终幻梦，但求秋色几分匀。

■ 鲍淡如

诗忆北大荒

一、初到铁力

是年九月，余等比乐中学十七人启程北上戍边。倏忽已四十五载矣。关山铁马一梦。当年行事，已成片断，虽五味杂陈，却未敢忘。

满车军绿出榆关，千里风尘掩泪斑。
同校同行人不识，少男少女话难攀。
冰城水暗吞江月，小站灯昏照土山。
子夜秋寒真入骨，当时未卜十年还。

二、二股

到铁力次日，安排洗澡，然后学习。自信不畏苦，不屑听冗长苍白之语，向往自然自由之情勃发，偕可雄等五人一游二股。惜当日二股之景之情今不存久矣。

淨尘涤垢一身闲，拦马搭车遥访山。
木屋林间烟袅袅，清溪轨畔水潺潺。
手撕炊饼多争咽，脚踏青荆共比攀。
落暮疾风呼啸紧，貉毛遮挡半红颜。

三、姜大犁

姜大犁者，八连之俗称，亦是余工作生涯首站。姜大犁在王杨南，过陈家围子、王家冈而达，计程一十二里。入村先须下得一洼，上得坡来，乃豁然平冈。民居东西排开，尽南头有一排屋为迎我等新盖。中间宿舍，东侧会场，西侧食堂。屋南有一片篮球场，屋西有一方方正正之小屋，是为女生宿舍。当年往南不过百步，即是连片白桦林，荒蛮而秀美。我等因游二股，晚到连队一日。余居此未满三百日，然牵忆尤深。

马蹄得得绕羊肠，泥泞尽头呈远冈。
村小地偏人好客，音南调北各开腔。
是非过眼云烟散，喜怒牵心日月长。
冬去春回三百日，梦中此处土仍香。

■ 丁德明

癸巳蛇年迎新

雪花带雨夜敲门，爆竹今宵炸破春。
忽过三年享七十，一张敬老卡拴身。

张家界天门洞

一斧劈开天地通，群山碰撞石门空。
天生一个天门洞，一箭飞穿过险峰。

㊟：1999年2月世界特技飞行穿越天门，使天门山一夜之间成为世界名山。

峨眉山

层峦叠翠山林趣，云海翻腾寺庙闲。
金顶越天高万尺，祥光紫气照巴川。

■ 姚梅乐

无锡湖滨水秀园即景

和合古樟

古木巍然入九霄，百年合抱得风消。
繁枝错落湖边立，景物朦胧眼底飘。
天意流连成眷属，诗情婉转架心桥。
今朝共仰香樟树，美好人生任自描。

田田浣花

小岛荷风接秀庄，水浮倩影复迷茫。
娉婷遗爱春秋在，磊落襟怀日月长。

倚石凝回寻胜迹，凭栏仰鼻汲芳香。
人间多少浣花事，化作诗情入锦章。

潇湘月明

湖滨一角见清阴，日午风熏草色深。
竹里乡思凭雀语，亭前倦绪任蝉吟。
婆娑滴响牵君意，潇洒月明撩我心。
素笺飘来翻彩照，悠长遗韵最难寻。

■ 刘鲁宁

观丰子恺先生绘弘一法师遗像（新韵）

无上清凉八月天，像前久立泪潸然。
回眸欲辨来风处，已去夕阳山外山。

听雨（新韵）

洗去轻寒花欲明，蒙蒙烟气一帘青。
中年忽爱平常事，小雨时当细语听。

春节前忽降大雪有寄（新韵）

飘飘银絮舞江汀，景物心情洁且明。
有孕梅方欣雪密，在途客却望天晴。
村头户牖开还掩，山外风云走又停。
明日一声过年好，离人多少盼同听。

野行（新韵）

青烟连野草萋萋，小径初来人不迷。
曲水追随鹂远近，群山升降绿高低。

风迎故友频牵袖，云筑新亭正奠基。
是处可寻陶令梦，好诗长为落花题。

■ 沈护林

癸巳三月胜日龙华古寺牡丹与百花竞放

芬芳嘉木育新芽，一入山林气自华。
千载天香遍知己，春风满眼是禅花。

步逸明诗翁韵

梵乐霞光智慧开，天香国色满园栽。
诗翁常作看花客，又伴东风入寺来。

■ 张青云

西泠印社

斯冰遗法在，莲社烨群星。
三老碑文古，六书金石灵。
篆铜昌籀史，戛玉续葩经。
一脉龙泓水，长濡印学馨。

奉题渝州张南宗兄珍藏
明沈周绘《两江名胜图册》

瓜洲

布帆十幅总夷犹，浅濑晴江起白鸥。
旧是荆公泊船地，烂银堆里看瓜洲。

天竺

琅珰岭与北高峰，岚舞云飞欲荡胸。
曾与山僧留旧约，攀崖去访葛仙翁。

垂虹桥

枫落吴江笠泽清，垂虹依旧卧波明。
尧章作古红姬殁，徙倚桥头一怆情。

■ 何佩刚

旅台诗抄

飞机降落在桃园

宝岛中原隔峡连，桃园降落客机旋。
千秋党国恩仇息，一夕人间美梦圆。
日月清潭堪幻浴，故宫文物总情牵。
垦丁阿里风光俏，今许悠游喜欲颠。

故宫博物院巡礼

馆丽双溪殊慰安，千秋国宝镇瑶坛。
毛公鼎典西周篆，玉辟邪真汉代珊。
器物纷繁惊凤翥，人文浩瀚引龙蟠。
潺湲永灌炎黄族，一笑恩仇玉宇宽。

太鲁阁峡景传奇

太鲁峰抛立雾溪，断岩峡谷足神迷。
山椒鱼属冰河族，水鹿兽生台岛期。
大理石饶辉峭壁，云杉树茂诱虹霓。
攀梯凿矿辛劳绩，一代老兵生死齐。

■ 金持衡

读项宗西诗翁《春色秋光》

荟萃佳章雅韵新，银川诗土庆芳辰。
莺啼燕语承先哲，春色秋光启后人。
吊古歌今公仆气，忧时感世庶黎亲。
文才愧我江郎尽，蘸得泉源墨谊珍。

㊟：项宗西，原籍浙江东清人，现任中央纪委委员，宁夏政协主席，中华诗词学会顾问，宁夏诗词学会总名誉会长，宁夏毛泽东诗词研究会名誉会长。

寿星明　西安慈恩寺玄奘纪念堂

岁月悠悠，万古蒙蒙，塔影雁翎。在乐游原上、曲江之畔、慈恩宝殿、莲座花馨。千载流传、岑高雄句，起凤腾蛟逸兴生。清芳尽，见行云流水、任意纵横。　朝霞旭日清灯，念名掵中华一代声。幸玄奘竺典，长笛环宇，高堂巍立，戴月披星。业绩高扬、天风海水、报送晨钟暮鼓情。留连处、迎东来紫气，芳草青青。

■ 黄庆华

秋花佳色赋

黄葵

花色稀黄却奈何，秋晖今染嫩雏鹅。
檀心把盏斟芳酒，剑叶摇杯漾好歌。
地举缃葵因暑退，天开锦卉藉凉多。
瞬间灵感真堪记，夜伴蛩声写翠萝。

㊟：秋葵花呈鹅黄色。

芙蓉

珠翠吟秋照曲江，寂寥空院倚莓墙。
初容红壁晓阳色，丰态白珣晴月光。
欣待雨清云濯锦，甘承霜冷水凝妆。
西风木落浑无怨，岁末惟留一岸香。

朱菊

独临萧飒赏清秋，信步疏篱翠菊稠。
日抚朱巾舒苒苒，风翻紫袖舞悠悠。

一身傲气琼葩笑，半卷柔情雪蕊羞。
蜂蝶不来香艳冷，经冬晚节共寒流。

■ 曹世清

壬辰步尾诗友多人小聚莘城世界高城四楼酒家归后赋诗

一

小聚莘城作雅集，佳肴妙句各鲜芳。
青春学士抒文采，白首佳人出锦章。
菜味甘腴酒味酽，诗情清隽友情长。
老夫浑忘年衰耄，面泛酡颜也兴狂。

二

人生乐事知音聚，美馔佳篇佐酒卮。
诗可高吟因盛世，人能雅集识明时。
昔年文字易成狱，世日吟讴任所思。
珍重眼前光景好，诸君奋笔莫迟迟。

■ 卢景沛

沁园春　游上海海湾国家森林公园

2012年9月5日赴奉贤游上海海湾国家森林公园，此处曾是五七干校旧地，触景生情，感慨系之

百里长滩，满目凄凄，风骤浪狂。忆一声令下，离乡背井；万人麇集，垦地围场。沐雨经风，尚称锻炼，批斗无休大业荒。前程望，叹家情国事，一片茫茫。　终驱噩梦重光。建林苑、新颜替旧装。看苍松翠柳，遮天盖地；闲亭雅馆，蕴宝含芳。白鹭凌空，沙鸥点点，划破清波荡水乡。奔流上，赞神州巨变，更盼辉煌。

踏莎行　游瘦西湖后四日游西湖

江北江南，或肥或瘦，碧波一样玲珑透。水光山色映琼宫，玉环飞燕均称秀。　　名士麇居，骚人铺绣，文明积淀皆丰厚。欧公堂与远山平，白苏堤上莺穿柳。

注：欧阳修任扬州太守时，在瘦西湖蜀岗上建堂，因堂前栏槛处可遥望隔江诸山，故名平山堂。

水调歌头　中国梦

华夏复兴梦，壮志贯云天。蓝图盛会巧裁，号角发幽燕。千载炎黄念想，双百征程履践，举国奏和弦。芳泽润尧域，泉涌惠全寰。　　十亿人，心凝结，梦同圆。追风揽月，英雄何惧踏天边。前路惊涛骇浪，众志克艰排险，伟业定能全。高奏凯歌日，把酒酹婵娟。

注："双百征程"，即建党一百年时全面建成小康社会，新中国建立一百年时建成富强民主文明和谐的现代化国家。

■ 汤　敏

浪淘沙　母校市三女中一百二十周年感赋

一

秋树正斑斓，赞了华年。校园吉日凤栾喧。嬉笑依然同桌絮，一队婵媛。　　银杏聚金钿，绿草芳绵。礼堂流彩舞衣翩。仿佛琴音传隔世，梦里谁弹。

二

秋树恁斑斓。你我齐肩。犹寻对面旧容颜。耳鬓清泠书语隽，记忆如穿。　　骇浪泼天掀，几没人寰。沧海桑田涅槃般。青涩易黄花褪尽，夕照云烟。

注：母校吉庆，八方人脉。时过半百，青春不再。青丝白发，何须感慨。同窗记忆，续缘重来。

画堂春　牡丹

春风春雨满春江，剪丝燕燕临窗。新裁何处是霓裳，赵粉比姚黄。　　倾国倾城种种，瑶池错落天香。画梁文阁笛悠扬，嫁女紫薇郎。

八声甘州　菱花镜

对菱花、记取旧时痕，恍如隔云烟。叹春梅曾秀，春杨犹瘦，春梦遥残。是处秋风衰叶，秋雨袭迴栏。惟有襟怀素，夜夜诗缠。　　拭了先尘昨雾，正栖霞回顾，濒水浮莲。羡菡萏娇蕊，鬓侧几流连？镜琉璃、明妍憔悴。误几回、梳理坐香禅。妆台倦、以青螺黛，勾勒词笺。

■ 苏大勇

湖柳

千丝万挂柳婆娑，不尽涟漪水荡波。
未得相逢千句少，相逢却恨片言多。

花港观鱼

西施湖上喜游春，十载翻成老病身。
花港观鱼人看水，不知鱼也在观人。

■ 张宗廉

七夕无星可看

又逢七夕鹊桥欣，天下情人恨久分。
幼怨星繁多乱数，如今仰看一天云。

金山寺怀古

一山突兀立江边，气象江天万万千。
金碧辉煌山裹寺，烟波浩渺水连天。
留云亭里云难驻，慈寿浮屠寿不延。
将相帝王如戏散，云烟到此亦流连。

园林行

一园草木各为荣，何故欣欣问乃明。
不为高低生怨愤，因知差别是公平。

遥咏函谷关

欲止还鸣沉默难，青牛老子苦盘桓。
此关要过书须献，知罪由人心自安。

鸳鸯

鸳鸯棒打各东西，尽管巢殊仍梦同。
既忆当年春水绿，更期来日晓霞红。
夜深低问巴山雨，意洽思乘北海风。
庄蝶依稀栩栩舞，重生不得可重逢。

浣溪沙　庄蝶

一见倾心携手行，江边月朗更风清，颠鸾倒凤忽雷鸣。　　再顾佳人难再得，重温旧梦即重生，潇潇雨歇又黎明。

■ 刘振华

感时诗

诗人历代喜吟秋，国事大于家事忧。
倭寇公然牟钓岛，新仇旧恨痛心头！

沁园春　白首吟

皓首穷经，不计晨昏，笑我纵情。忆呱呱落地，兵荒马乱；群雄四起，虎豹横行。欲读诗书，家贫如洗，难入黉门当学生。尤堪恨，倭寇无人性，毁我门庭！　　迎来旭日东升，抬望眼中华正复兴。看萧萧白发，程门立雪；莘莘学子，个个虔诚。泼墨挥毫，操琴舞剑，不逊当年文艺兵。歌喉亮，唱枫林夕照，老凤新声。

■ 冯　如

信仰

破碎金瓯悲志士，阑珊碧落起风雷。
何如溅血拼头断？甘为山河换未来。
信守关山驱雾霭，仰观天地化蓬莱。
经年红草留香脉，从此黄花诔俊才。

■ 陈　青

元日诸象用王荆公韵

农家

万苦千辛一岁除，舒筋活血有屠苏。
丰衣足食今非梦，但拜青天不拜符。

豪男

别墅房车响指除，人头马贵压屠苏。
蜂腰蝶翼明皇妒，莫亮通天得道符。

太翁

百二惶惶礼岁除，自嘲清水胜屠苏。
无鱼有粥蒙头睡，理气安神不用符。

忆昔

大灶汤清岁亦除，高歌跃进羡屠苏。
人逢坎坷非多鬼，左右心魔作乱符。

再颂

至美风光瞰岁除，欢欢喜喜品屠苏。
新元魅力朝阳出，急鼓催征接虎符。

■ 丁剑波

春日偶兴

侵篱细草碧无心，风落残红乱入琴。
遥认纸鸢追雁急，童声鹊起和微吟。

客寓洛阳

丙子秋深，共诸同砚游洛阳。既夜，气冷风紧，月乱树影，不得成寐，赋此兼寄伊人。

萧萧百丈秋风起，万种愁侵叱不回。
却怪庄生迷蝶梦，还怜李子泣灯灰。
孤鸢断握心如醉，落叶欺身意尽摧。
冷月殷勤悯我甚，西窗一夜照徘徊。

满庭芳

家长叔罹肺疾，余往探之。归过孙雪农处，以新赋《满庭芳》示余。越二日，叔施刀圭之术，然医家束手，仅余残年。余闻讯潸然，乃次韵雪农。一咏三叹，殊不合原调风月，心境如此，雪农谅之。

昨梦庄周，今疑人蝶，谁非过客流星。长鲲化处，鹏翼击苍溟。雁阵惊弦欲散，南飞路、惟祷安平。生死扣，几人能解，念念涕零零。　彭公千百寿，同盟草木，埋没雪冰。任玉环飞燕，尘土飘萍。千古江山未免，无常事、俱付瑶琴。声声咽，宫商已乱，情怯那堪听。

■ 谢春江

京华隆重祭天小诗纪感

倒转时光历史翻，天坛此日一时喧。
唏嘘最是王孙辈，福庇难忘饮水源。

大年初五夜爆竹声大作迎财神也

爆竹闻如巷战同，请神猴急尽卑躬。
宁知辗转豪门里，有意扶贫不暇中。

■ 吴易梦

游西湖

秋明赏西湖，潋滟灵波舒。
白堤送游人，断桥留客孤。
环山衔天蓝，绿水绕城翠。
浓妆不美容，淡抹神似醉。
柳莺问西子，红鱼戏秋晖。
摇橹湖深处，流连忘记归。
满目碧波远，不知湖姓名。
坐观楼外楼，湖光山色轻。
环湖古树多，层次任蹉跎。
常饮西湖水，人生不糊涂。

听雪

白梅开无声，落雪思有魂。
冬枝挂冰音，暖棉更寒温。
何曾为藕洁，不与泥相浑。
老翁扫玉忙，顽童堆雪人。
白风呼名过，车辙留雪痕。
千山寻踪鸟，仙家藏云深。

■ 青　桐

庐山写照

浪得冰川遒笔走，虚无崖壁苦眉吟。
忽然湖上闻花径，细雨纷飞彩蝶衿。
问道扶摇千里外，菩提依旧雾中寻。
黄昏欲识青山面，秀谷疑猜碧海深。

庭院深深深几许

惊闻剪翅鸳鸯渡，忍睹围栏白鹤歌。
千竹千寻千样瘦，一番秋雨影婆娑。
西风几度卷残荷，留得寒枝奈我何。
经幢圆浑原古意，心池澄澈渐平波。

眼儿媚（回文）

清风凉夜月初明，微醉客婷婷。轻舟坐钓，独听珠落，叶上蛙鸣。　　鸣蛙上叶落珠听，独钓坐舟轻。婷婷客醉，微明初月，夜凉风清。

■ 纪少华

冬赋

雪翼载歌千里飘，连天动地万山摇。
幽思虎啸存威猛，幻现鹰姿剪寂寥。
期破坚冰春暖水，待归柔雨血妖桃。
风梳古柏临高峻，且转年轮听瀚潮。

苏州河新桥

旧桥拆处起新桥，忽降此间龙一条。
坦荡宜行行路远，轻松信步步云高。
船吟河上霞流水，浪拍堤边月落潮。
凭眺鸟飞鱼跃景，兴由神笔写今朝。

题鹳雀楼

千载晋南名一楼，王诗压卷古神州。
魂牵白日依山尽，臆涌黄河入海流。

访此同怀中国梦，登高为解庶民忧。
挥毫赏学毛公体，更冀新人壮志酬。

■ 于鸿宾

冬日无题

深更六出袭申城，今早玉龙惭退兵。
庭野江南谁结友？阳融雪滴傍梅莹。

金沙江

虎跳金沙雪浪花，横冲湍急乱如麻。
路车峡谷悬惊胆，茶马栈桥穿断崖。
万古怒涛歌拍岸，三江春梦彩飞霞。
游人莫问源何起，曲折东流润物华。

一剪梅　纪念邓丽君诞辰六十周年

依旧春光悦耳柔。美丽人生，誉满全球。朝花落叶梦归根，相约心头，且锁眉头。　花甲相离两岸秋，清照重生，漱玉回流。女儿膝下有黄金，敢说无忧，却是乡愁！

■ 江三宝

静坐悟荷月

荷香盈袖历经年，皓月浮沉绿水间。
静坐空明聆妙法，禅心一瓣自休闲。

袁人瑞

雨夜情思

春雨残风未肯眠，孤灯凉壁五更寒。
相思向卧桃源梦，欲撷桃花作醉仙。

月夜瘦西湖相别

烟波江上竹林哨，芦絮缤纷水自流。
柳岸楼台迷雾霭，清风明月照潭洲。
重逢知己千杯少，离别家山万里幽。
故友不知何处去，夜深寥落使人愁。

六九抒怀

流光过隙近稀秋，婿女张罗祝暇楼。
山水追随聊胜友，诗书作伴蔑封侯。
点他网易新闻版，挥我南坡老镢头。
自酿葡萄且自酌，粗茶淡饭更无求。

天国

一梦南柯乌托邦，风云扫荡震清皇。
推神愚众归邪教，戮士残民类匪帮。
逆世艰难营乐窟，讧争丧乱祸红羊。
天朝田亩枉恩颁，举义金田叛帜张。

天子山贺龙像

英雄独立百花丛，天子山头瞻贺龙。
掌上钢刀曾杀贼，台前战马尚嘶风，

半生奋斗心相许，一旦荣华梦不同。
八宝高堂葬不得，忠魂常驻故乡中。

■ 朱强强

上海情人墙

江堤一尺一鸳鸯，三里外滩人似墙。
都是偎香羞涩女，两边不忌别家郎。

芜湖

铁画桃符纸竹笼，汉唐韵事旧时风。
月溶镜水镶珠洞，日映赭山披翠宫。
学记碑前小书俑，读文轩后老茶翁。
帆樯已挂云天际，鸥鸟齐鸣飞到东。

㊟：学记碑为米芾真迹，现位芜湖12中学内；广济寺滴翠轩为黄庭坚读书处，近有茶室。

苏州明月村

门前花果自家栽，树底鱼虾绕晾台。
银汉上天云里闭，青山下岸水中开。
布衣细雨渔樵去，锦冕和风耕读来。
日出黄红洞庭橘，月斜黑白太湖桅。

■ 邹　平

游沈园

几番冷雨会稽山，剩水残荷逼苦寒。
晴日沈园旧时景，老来方觉步蹒跚。

㊟：2012年11月底去绍兴旅游，忘带相机，以诗歌代摄影，咏之如图。进园即遇一池折茎枯叶的莲荷，萧败如人之晚景，即赋此诗。

半壁亭

小径无人亭半壁，且看碑刻再修文。
亭倚粉堵萧萧叶，只有芭蕉着绿裙。

㊟：沈园里有一亭靠墙而筑，只半边，故曰半壁亭，亭里墙上嵌石碑一块，记述二十世纪八十年代重修沈园一事。

钗头凤

沈园游客几多愁，题壁钗头凤托幽。
喧闹人声风卷去，徒留一人独悲秋。

㊟：沈园用青砖砌墙，嵌两块石碑，上刻陆游《钗头凤》和唐婉和词，此景名曰《钗头凤》题壁。

孤鹤轩

孤鹤轩中旧址倾，宋时孤鹤尽哀鸣。
唐阁明鱼今不见，犹问衰翁坎坷情。

㊟：孤鹤轩为沈园一景，轩里有唐亭阁遗址，轩外有明代假山、鱼池遗址。孤鹤为陆游自喻，故重建此轩。

■ 钱建新

记新会员见面会

忘年新会员，见面聚华轩。
一赋清茶饮，听德诲真言。

游览滴水湖

金秋临港观湖水，霾雾轻飏撩渚烟。
鱼搅滩头明镜碎，霭蒙鳞栉地浑天。
花间嬉戏爷孙乐，舟上悠扬琴瑟旋。
一阵劲风摇动树，枯枝几叶寄清涟。

■ 贺乃文

衡山南天门远眺

门对南天屹，倚筇千仞跻。
仰观星斗近，俯瞰岳云低。
涓水流光带，衡湘卷浩霓。
家山何处是，花石望中迷。

㊟：尾联，指敝家乡花石在衡山北麓，登高隐约可望见。

荥阳谒李商隐墓

敬瞻前彦访荥阳，冢瘗诗魂惹感伤。
是日林园沾逸气，如今草木发清香。
碑镌妙韵骊珠灿，人诵琼篇典范彰。
锦瑟弦鸣宜跪听，余音犹绕郑公乡。

㊟：《锦瑟》，被公园制成立体字，置于公园大门内李商隐浮雕像两侧；郑公乡，本为尊称别人家乡之典，而李墓离创建郑国的郑氏三公塑像不远，名实相符，故借用之。

观杨贵妃墓

君王不赐洗儿钱，早斩猪龙策万全。
信誓倘非申旦旦，霓裳那得舞翩翩。
道旁漫看杨妃墓，枕畔还留翡翠钿。
解语花萎春去也，骚人空赋马嵬篇。

登西安城楼

坚城高伟俯坤垠，遥想当年战燹频。
可但祖龙吞六国，也知安史乱三秦。
角笳声厉殽函冷，刀剑光寒士气伸。
千古英雄皆过眼，惟余太华耸嶙峋。

澳大利亚记游

墨尔本小憩

花园地境赛金山，庶物天堂信步闲。
惟愿中华真美丽，新鲜空气伴余年。

㊟：澳大利亚维多利亚州墨尔本市，别称花园之州新金山，以别于美国加利福尼亚州旧金山。

塔斯马尼亚

蓝天碧海吞舟飞，烈日金滩牛马肥。
鸽子湖边花烂漫，欢迎公主省亲归。

㊟：金滩，塔州中部和东海岸较干旱，夏季水荒，草皮枯黄，远眺酷似金色沙滩。鸽子湖，Dove Lake 的意译，世界遗产保护区摇篮山的海拔 1200米的高山湖。省亲归，塔州民女玛丽公主远嫁丹麦王储弗雷德。全澳上下对他们每次回澳省亲均报以热烈的欢迎。

大洋路

莽原盖地隐草庐，骇浪铺天凸使徒。
荡涤尘思精舍广，扁舟安得展鸿图。

㊟：大洋路，沿着维多利亚州东南海岸蜿蜒伸展，全长三百多公里，是澳政府为纪念第一次世界大战中牺牲的战士所建。使徒，十二使徒岩，恰巧酷似耶稣的十二使徒而命名，屹立在大洋路海岸旁已有二千多万年历史。

悉尼

环球都市高峰攀，世外桃源野趣憨。
城市生活都美好，莺歌燕舞颂平安。

大堡礁

有情玉尺趁波嬉，无际树花逐浪漪。
俯潜天堂心顿悟，化条尼莫脱尘羁。

㊟：玉尺，鱼的喻称。宋·杨万里《松江鲈鱼》：“买来玉尺如何短，铸出银梭直是圆。白质黑章三四点，细鳞巨口一双鲜。”尼

莫，出自于美国卡通电影《海底总动员》的主人公小丑鱼，借指五彩斑斓的鱼群。

■ 江荣清

喜阅莉儿婚照有感

美容笑貌心涂蜜，舞动婚纱起白云。
美满姻缘既迈步，酸甜苦楚不离分。
平平坦坦今生路，我我卿卿一世欣。
八月中秋明亮月，桂花哪有此时芬。

来到人间我很忙

环绕金乌六十旋，毛驴拉磨岂须鞭。
幼时水浒囫囵读，年少雷锋点滴虔。
出海喜迎千叠浪，办公敢上九重天。
编刊十载图消遣，晃晃悠悠不卸肩！

长寿乡之歌

欲访熙熙耄耋郎，请来绿岛寿星乡。
童颜鹤发精神气，书画棋牌福乐康。
菜在屋前随意摘，粮存囤里放心尝。
问渠哪有长生诀，水洁天蓝国运昌。

■ 金嗣水

题《黄山群峰》图

群峰簇列出云端，瀛海浮丘逐浪颠。
雾锁天都玉屏失，罡风牵梦入蓬仙。

清明雨

细雨蒙蒙烟柳迷，深山隐约子规啼。
麦苗拔节迎风长，新笋一宵庭树齐。

浣溪沙　忆夏日乡村夜晚

打谷场边摆竹床，柳梢挂月晚风凉，爷爷摇扇说牛郎。　　蛙鼓声声天籁曲，萤飞点点芰荷香，谁家竹笛过短墙。

浣溪沙　接同学来信喜出望外

惊喜飞鸿到小楼，钩沉岁月忆庐州。寒窗苦读不知愁。　　逝水光阴驹过隙，经年学子雪飞头。夕阳如火暖霜秋。

■ 龚家政

拜谒杜甫草堂

一

晨兴车至浣花堂，未敢推敲闹杜郎。
携酒邻翁曾似识，闻人扫径到门旁。

二

万千广厦入云天，何必瞻依草屋前？
知否诗人多少泪，疾呼民瘼一年年。

三

三吏行吟还三别，泪飞月下到羌村。
穷年忧患诗成史，一瓣心香献杜门。

四

听惯讴歌浩荡恩，壮怀难与俗人论。
书生来读杜工部，喊醒忠贞一代魂。

■ 顾方强

西湖思

一

断食虎跑披海青，晚晴名谒入空庭。
马驰宽额苍龙笑，吾自天心抱朴馨。

二

泼翠湖山天际流，荷红六月了尘愁。
悲欣夏夜青蝉伏，孑柳空枝作渡泅。

三

晓月含波风正徐，远舟烟渺锁天衢。
缠绵最是西湖雨，春水轻沾杨柳裾。

■ 陶寿谦

生肖诗词（选五）

鼠

凿洞钻墙特技猖，一锅好菜困矢殃。
过街老鼠都喊打，科学献身应毋忘。

牛

栉风沐雨挟雷横，戴月披星紫气凝。
田野回春甘卖力，栏围坐卧啮枯藤。

虎

威镇千山称大王，一声长啸百兽惶。
於菟不王雄风在，百战功名万代昂。

兔

守株待我意如何？明月沉潭影不讹。
曲折三窟春昼卧，梁空泥落海无波。

蛇

背负清风从野陌，草行染绿问桑麻。
祸中求福山河砺，饰智惊愚日暮斜。

■ 郑建军

苏州河吟草

家住盘湾里

一

楼枕盘湾里，窗倚要路津。
灯红千日酒，江绿万家春。
轨道今驰急，舟航昔渡频。
安身存正地，宅水尚为邻。

二

摇曳三竿竹，晴窗几影偏。
春花怜细雨，秋水乐长天。
物以稀为贵，人因名必传。
忘乎身外事，邀月共床眠。

河边漫步

一

一叶河边落，晚凉微雨催。
简单却有效，平淡岂无为。
风约蝉声静，云藏日色追。
乡书迟不达，归雁又南回。

二

信步随街远，飞车过眼频。
庭闲消永日，窗净隐疏筠。
有石斯为雅，无书实在贫。
春光秋色里，滚滚尽红尘。

■ 刘　水

寄某僧

犹记林山对绿醅，幽禽声里说尘埃。
清溪素月长风起，一树菩提一树回。

送别

两岸芦花碧水长，牵衣柳下过潇湘。
孤帆渐远箫音渺，烟雨江川白鹭翔。

天平听尺八得萧韵二首

一

空谷云飞对寂寥，枫林暮色起清箫。
虚空一曲飘然去，月在波心第几潮？

二

心如江海念如潮，俯仰松风尺八箫。
彼岸莲花长灿烂，一音吹澈即虹桥。

■ 王　惠

近晚遇雨

夕阳窄巷老槐斜，草蔓阶空映晚华。
一夜西风缘昼雨，梧桐小叩绿窗纱。

望江东　故乡

三径烟尘散如故。北行雁，空山暮。长河九渡问归鹭。陌上雾，千家树。　　迟来更过长亭路。柳笛老，曾分付。桃蹊还伴碧云度。紫燕暖，斜阳住。

■ 杨毓娟

点绛唇　呈慧蘋先生

舒卷江山，诗词文字消长昼。草堂寻旧，翰墨香盈袖。　　笑语嫣然，俏影红衣秀。琥珀酒，醉红疏柳，晓月纱窗透。

眼儿媚　忆

燕子双双又堂前，装扮旧巢欢。醉泥雨润，风柔桃艳，柳黛含烟。　　儿时往事依稀见，嬉笑绕朱檐，红娃抵角，绿裙踢毽，鸢紫飞旋。

少年游　桂

满庭桂子碧烟浮，金粟缀枝头。晓寒又送，醉人香气，一缕夕阳柔。　　仙音流韵蟾宫外，霜树正清秋。雁字裁云，西风影里，邀月对金瓯。

■ 庞　湍

参观上海玻璃博物馆

玻璃馆里玻璃人，洁净透明不染尘。
世界若能真如此，水晶宫内置吾身。

树的品性

楼下几行树，入冬且有差。
梧桐早落叶，晚翠枇杷花。

㊟：小雪季节过后，江南梧桐早凋，枇杷晚翠。

登辰山

初冬霜染枫，路畔古诗雄。
道尽眼前景，山头足下通。

㊟：通往辰山顶的山路两旁设置一些“辰山诗词欣赏”牌，供游人观赏。

腊梅赞

风卷寒潮急，腊梅笑报春。
不畏冰雪逼，越逼越精神。

■ 朱化萌

步季先生原玉奉和

曾记卯年旧烛光，同窗诵读共诗肠。
欣赏经典心愉悦，斟酌词句意颠狂。
天降祸灾难聚首，人存博爱再兴觞。
惜离众友吟情恋，来日幸会盼暖阳。

满江红　抗震

地抖山摇，朝西望，云沉风哭。天府国，又遭深难，断流毁屋。昨忆汶川刚再建，今忧雅安重颠覆。问地球，何故不安宁，松筋骨？　　怜民众，生未卜。疏绝路，全身扑。勇抛余震险，力求神速。多难兴邦能量立，无私献爱平安逐。
华夏魂，光耀照千秋，前程祝。

■ 程庆长

日本游五首（选三）

赴东瀛空中吟

出国第一遭，凌空倚窗萦。
扶桑虽贯耳，稔知陌生瀛。
空中时雾霭，潇潇雨放晴。
鸟瞰翠色岛，碧水蓝泓盈。
众川连绵起，蓬莱郁葱莹。
静冈何时现，海岸若行营。
渔火桅杆处，如蝼蜗蚁行。
落卧香茗地，富士雪山迎。

观日本书道交流有感

依旧虔诚恋此中，鞠迎恭座汉时风。
静观席地服和丽，尽展登台字洋东。
儒士舔毫细秀笔，巾帼挥笔劲长虹。
文源本是书同道，翰墨衣钵别样工。

临江仙　感日本友人铃木嘉弘先生

馆外栅栏滴细雨，秋寒檐下凝迎。八旬长老为殷勤。甘遭风刺骨，不避聊衷情。　　数度交流携学子，沉疴难撼英名。为国谢罪再疾声。震惊袭举座，赢满众人倾。

㊟：铃木嘉弘先生系日本挂川市日中友好协会会长，知名汉学家。曾任该市国立图书馆原馆长，其21次组织780余人来华进行文化交流，现虽身患癌症仍致力于中日友好事业。

■ 季肇伟

天仙子　冰上之恋

冬奥天骄惊世愕，逐飞双蝶旋池乐。一从滑苑誉乾坤，身影绰，动心魄，比翼人生能几搏？　　冰上芭蕾心臂托，十年载誉情双获。相逢玉露沐金风，情脉脉，跪重约，不负当年情窦诺。

南歌子　天山雪菊

饮露昆仑麓，餐霞雪域汀。娇黄淡蕊吐芳馨，容与澄波雅沁赛香茗。　　壶内蟾光动，杯中琥珀清。浓熏甘颊有余情，一盏清脾凉血涤心膺。

㊟："容与"，悠闲自得的样子。陶渊明《闲情赋》："步容与于南林。"

小桃红　柬内

一

金风玉露结鸾俦，新月人归后。伉俪情深几回首。自同舟，红尘甘苦同消受。融雪化鬓，雨僝风僽，白了少年头。

㊟：辛弃疾《粉蝶儿》："甚无情，便下得、雨僝风僽。"

二

一如初恋总堪羞，眸动情微透。梁孟齐眉累人瘦。待温柔，呢喃夜读添红袖。海棠未老，我心依旧，双燕月当楼。

㊟：史达祖《临江仙·闺思》："一灯人著梦，双燕月当楼。"

■ 曾小华

念奴娇　布达佩斯怀古

九桥多瑙，展双城伟傲，如珠辉耀。斯特大公西远眺，铁马金戈横扫。大地山河，皇宫古堡，换旧颜新貌。任留琼宇，至今华美精妙。　　难有一梦千年，腥风血雨，王侯成蒿草。千里寻踪追幸福，人说自由尊要。茜茜浪漫，裴菲绝唱，华尔兹音绕。

上朝遗事，温馨留下清照。

㊟：“双城”，布达佩斯是双子城；“茜茜”，即茜茜公主；“裴菲”，指裴多菲。

■ 施提宝

龙潭观瀑

凭栏纵目瞰深潭，五瀑飞流泄犹酣。
烟雾腾扬樵径北，水珠迸溅断崖南。
密林溢氧精神爽，空谷穿风肺腑甘。
羞道东吴江海阔，何如湘赣一溪岚。

登风月楼吟怀

行车探路到江洲，漫步登临风月楼。
纵目云天无白鹭，凝神江渚水空流。
讲坛犹现程朱影，壁刻徒存赤子忧。
但有庐陵文脉在，何堪无嗣炳千秋。

驾车过井冈山大桥抵吉水

江桥依旧似从前，一梦流光四十年。
昨夜相思衾未暖，今宵畅饮夜无眠。
亦亲亦恨唯乡土，难忘难离是宿缘。
岭上鹃花溪涧水，无时不把断肠牵。

霜天晓角　学诗有感

兴趣何寄？笔下诗词里，今世为君憔悴，平和仄、难离弃！　推敲成道理，转身寻纸记。意境跃然成句，眸陶醉，心欣喜！

■ 倪鼎琪

竹园居

宅在幽篁里，城嚣无计侵。
绿帘张四季，青节迈三寻。
邀月同窥牖，穿林踩碎金。
日亲清逸气，时作正声吟。

世纪公园赏梅

上元佳节天气新，万朵千枝竞迓宾。
粉靥姿招蝴蝶恋，红粧态惹蜜蜂亲。
暗香浮动人心沁，碧水萦回玉影粼。
多谢东君无厚薄，霜颅眼角也洇春。

叠韵怀二安

一

明湖清水出芙蓉，翠盖鸳鸯杨柳风。
不是兵戈愁丽质，何须寻觅泣惊鸿？
怀才未敢忘忧国，漱玉难能颂重瞳。
木也萧萧人也瘦，英雌芳冽气如虹。

二

金戈无意伴芙蓉，岳氏壮怀苏氏风。
只为赵儿多蠢冢，遂教鲁地遍哀鸿。
江涛呜咽悲青史，月泪淋漓溢老瞳。
拍遍栏杆词怒涌，吴钩灼灼耀长虹。

■ 倪卓雅

莘庄赏梅

郊野园林小，梅声动四方。
花重凝瀚海，蕊冷结清霜。
高节千夫颂，佳吟历代扬。
寻芳须趁早，寒逝杳无香。

理发吟

卷发圈儿密密堆，金秋墨菊满头栽。
三千烦恼随风去，一缕霜丝伴雪来。

游大小洋山岛

重九登高意兴稠，洋山双岛久凝眸。
大桥横卧千丛浪，雄港长迎万里舟。
列阵风车鹏展翼，陈兵塔吊月弯钩。
粼波无际晴空远，挥臂人欢似海鸥。

■ 刘喜成

感怀

笔蘸春秋踏雪尘，百湖擦亮万家春。
一腔活力牵三径，几处和风送六旬。
畅想云帆八斗赋，闲吟油海九天新。
千山月寄思乡梦，最爱知音足可珍。

春兰吟

芳踪隐约抱新春，倩影娇姿倍觉珍。
柳岸不寒常倚石，兰枝可掬总依人。

赤心已托三春蝶，粉萼能香十里津。
常与松梅交挚友，也牵鹦鹉醉红尘。

金缕曲　江南感怀

黄浦潮声起，梦悠悠，举头遥望，悄然凝睇。一曲江南风雨后，把酒凭栏不已。碧竹也，诗怀当寄。塔影迷茫闻天语，念油龙、南北穿行尔。千塔赋，百湖美！　　秋声红叶盈天地。映苍烟，风云万里，雁飞天际。可醉吟怀兰花赋，网上交流如意。月共赏，骚林吟帜。浩气千山西风冷，到如今，更忆青春矣。谁念我，爱无愧！

一剪梅　元旦寄怀

红字灯联爆竹牛。笔走龙蛇，歌亮神州。松原谁寄锦书来？信满乡音，诗满云楼。　　瑞雪纷纷爱自留。万丈豪情，一样风流，魂牵钻塔百湖讴！人在船头，梦在心头。

■ 翁以路

清明

阴潮雾漫柳祈晴，点点枝条啄羽鸣。
推牖尽收山水淡，拨弦绝响古琴横。
远峰无墨有诗意，近泽写生多世情。
渴望壬辰春信早，蜗居上锁触清明。

学诗有感

灯下辛劳几多昼，仄平平仄感深长。
推敲换骨还求合，品味含心更觉当。

窗外雾寒声沥沥，梦中春暖翠茫茫。
无端流水意尤遂，李杜遗风一缕藏。

■ 张文豹

醉花阴　秋收

糜子秋分寒露縠，陕北粗粮熟。忆昔在延安，种地纺纱，足食丰衣曲。　　步枪小米军民畦，胜敌东洋逐。后辈敬先贤，倒海移山，红日长空旭。

㊟：糜子，是北方秋粮的一种，成熟期早于縠子，当时是我们的主食。

满江红　国殇

——中国远征军入缅作战70周年

士气高昂，军容壮，远征缅甸。歼日寇，敌氛消散。攻坚克难，十万健儿山地战，一条公路摩天旋。同浴血，伟业誉千秋，英雄汉。　　御外侮，甘奉献，维国运狂澜挽。念扬威异域，舍身无怨。民族精神昭明，中华英烈辉雷电。盼两岸，齐唱满江红，和平建。

浣溪沙　端午节念屈原

芦叶青青包粽香，追思先哲汨罗江，千秋百代永流芳。　　蒲剑高悬龙跃起，缅怀往事话沧桑，中华强盛寿而昌。

浣溪沙　端午节赛龙舟

又是端阳景物新，榴花红艳火烧云，杨梅纡紫草如茵。　　竞渡龙舟纷破浪，划船壮士攒桨花，争先恐后振精神。

■ 王弱男

壬辰杂咏

一

青春浪掷黯神伤，远志犹存梦凤翔。
销尽壮怀闻舞起，还将衰朽学痴狂。

二

身健眼明一叶轻，棲迟湖海渺茫行。
有为才得真情乐，傲骨诗书误一生。

■ 顾守维

中秋国庆双节子女团圆赏月喜赋

朗朗晴空皓月圆，欣逢双节喜心田。
广苏月饼甜香美，京沪佳肴品味鲜。
子女仁贤皆孝顺，家庭和睦感温然。
人生列此须知乐，盛世家情度晚年。

■ 陈福田

忆巢湖

垂杨绕屋生，渔夫晨理棹。
沧波一叶舟，长忆巢湖钓。

夜读张平编《巢湖诗词》

天衣裁剪真无缝，妙句吟成费剪裁。
如此江乡如此夜，月明咏罢一低回！

与华师大同事林丙义教授游杭州

游玩七日犹嫌少，整顿归装更动情。
莲叶色留眼底碧，莺歌声滞耳边清。
白云虽欲随佳客，芳草确难系远氓。
上却征车频转首，晓烟浓处是杭城。

■ 马光斗

贺西藏和平解放六十周年

西藏和平六十年，突飞猛进建家园。
奇珍无限风光好，山水传情天下欢。

看阿丕书记电视剧感赋

浩劫十年心不安，毕生精力壮河山。
珠联壁合春风暖，物阜民丰天地宽。
发愤图强抓路线，平冤昭雪纳良贤。
豪情无限才华展，科技高峰再登攀。

■ 胡熊飞

芳袭夜归人

月华如水洒归裳，娱老欣逢国运昌。
馥郁薰人人欲醉，小区随处桂花香。

浣溪沙　无题

残落黄花懊恼远，又逢红叶断肠时。罗裙消息总难知。　　海誓山盟犹在耳，潜屏越砌已成词。教人何处忏情痴。

虞美人　武夷胜境

武夷收尽人间美，入眼多流翠。丹岸碧以白云飘，更有几丝岚色、怎生描？　　秋峰廓外斜阳下，绿树村边舍。钟声悠远雁声稀，何日一怀追慕、再来归。

■ 曹　琪

画鹰

寰宇任高旋，苍松栖驻欢。
听而飞展翅，威振九重天。

天山云杉

绿盔白甲一排排，闪闪银光天际来。
林海茫茫遥极目，酷寒造就栋梁材。

浪淘沙　大理蝴蝶泉

南诏有清泉，源倚苍山。潭深百尺水潺潺。云弄峰边蝴蝶树，飞舞蹁跹。　　古郡御花园，歌会同酣。金哥玉妹缔良缘。宾客捧杯三道饮，情满人间。

鹧鸪天　苏州三山岛

春暖花开喜漫游，太湖三岛景长留。狮身人面船上见，峰异奇石眼底收。　　山突起，水分流，烟波千顷隐轻舟。纵观历代风和雨，老有新为壮志酬。

■ 周　华

鹧鸪天　壬辰中秋国庆感言

丹桂飘香香满园，中秋国庆喜相连。红旗招展庆佳节，焰火腾空映月圆。　　迎盛会，选高贤，承前启后创新天。当今幸福莫忘本，马列精神代代传。

■ 孙有标

研史感赋

潜心研史觅良方，破浪乘风导远航。
引领后人行正道，神州复盛再辉煌。

■ 方建平

先师狄兆俊著作再版抒感

星沉逾五载，肃立像前吟。
绛帐空明烛，芝台失雅音。
还承甘露沐，总受惠风侵。
锡福吾今世，师恩永记心。

梦中寻句

不知身已回何处，觅路遥闻李杜诗。
蹑步偷登天一阁，搜翻秘籍拾佳辞。

夜半惊妻

枯肠寸断觅词空，抱恨堆愁坠梦中。
突亮心灯跃身起，拙荆怜我急惊风。

赴庙茶叙

踏破尘氛登净土，果然方外有清凉。
品茶兼爱尝禅味，禀受曹溪一滴香。

■ 李亦雄

执管对天笑赋诗

——第卅届奥运会屏幕观感一束

赞中华健儿

泰晤河边塔影斜，五环旗下鼓鼙挝。
须眉自有腾龙志，巾帼偏多翥凤娃。
汗水淋漓冲剑气，金牌闪烁焕烟霞。
连年磨练终成果，喜鹊频来噪树桠。

水上芭蕾

豆蔻年华十四三，凌波仙子舞澄潭。
芙蓉出水犹带露，恍有幽香锁夕岚。

藏女获铜

辟地开天第一遭，藏家少女首称豪。
神行独具飞毛腿，初出茅庐即夺袍。

注：藏族运动员参加奥运会是第一次，中国运动员得竞走项目奖牌者也是第一次。

凯旋

下届环旗里约扬，伦敦挥别返家乡。
健儿未负人民托，佳绩因逢国运昌。
铁板铜琶添喜气，龙裳汗渍闪荣光。
检看历届金牌数，击镶高歌再尽觞。

注：下届奥运会在巴西首都里约热内卢召开。

■ 王瑜孙

简陈福田教授

一

虹园忆昔集吟流，品茗论诗乐事稠。
卅载烟云成过眼，几人风雪念同俦。
共居沪渎难相晤，每看归鸿独倚楼。
恬澹知君心似水，拈来妙句胜封侯。

二

回首韶光似流水，几多往事至今稠。
参戎不惜离乡井，祝嘏应难忘故俦。
话到红桑频看镜，重携翠袖赋登楼。
手栽桃李知多少，只羡灌园不羡侯。

■ 袁定旋

诸暨五泄寻源

泻玉飞珠五叠裁，青山合抱镜湖开。
攀崖欲尽源头水，曲涧潺潺四处来。

金银花

篱边墙角乐安家，闪烁金银万朵花。
唯愿世人消病痛，微躯何惜付汤茶。

感怀

爆竹声中岁序迁，抚今追昔不成眠。
百年苦斗英雄血，十月欢腾解放天。
际遇长风催后浪，只缘樗栎愧前贤。
家家畅叙团圆夜，共谱和谐赋管弦。

■ 蒋　铃

古猗园赏荷

荷风过处夏日凉，白白红红尽芬芳。
少有蜻蜓莲上立，更无翠鸟梗间藏。
污泥不染身心净，清水难浊志气昂。
且喜人人都爱汝，花开时节动南翔。

访嘉善吴镇纪念馆

梅花和尚识天机，六七百年莹不移。
墨竹有灵墙上舞，寒梅无恙雪中欹。
心经刻石龙蛇动，轴画题诗曲直知。
洗砚池塘千古影，而今探访立忘时。

■ 廖金碧

游崂山

冰川妙刻塑千峰，奇绝孤悬石驭空。
仿佛寒烟生雾雨，游人沉浸泪痕中。

过黄河

派出昆仑无色流，吹沙走浪贯中州。
已无落日催行棹，惟有涛声不尽头。

访成都杜甫故里

青衫潦倒向他乡，野老吞声茅草堂。
诗不忘民问疾苦，泪因感事绘流亡。
桥名万里何人忆，警句千秋旷世扬。
客至新亭相对饮，九天风露藕花香。

我的退休生活

投老七旬休叹嗟，休然行旅客天涯。
河边闲谈忘心事，笛里分明说鬓华。
煮酒论诗惊李杜，斗棋泼墨羡山茶。
惯看暮爱红于火，再钓青春映碧霞。

■ 程　俊

卜算子　陨星坠落俄逾千人受伤

突来陨飞奔，降落留声迹。已近中天抵镇村，砸伤千员客。　　学校毁楼门，集市慌民魂。悲泣街心卖买人，轰震殷忧赫。

注：当地时间 2013 年 2 月 15 日 9 时 20 分（北京时间 14 时 20 分）一颗陨星带着白光出现在俄罗斯乌拉尔地区的车里雅宾斯克州上空随后坠落在萨特卡市附近，其速度 30 公里/秒，陨星质量约为10 吨。超过 1000 人在陨星坠落事件中受伤，包括159 名儿童，其中多数人遭碎玻璃划伤。

相见欢　春节豫园银蛇巨灯会展

豫园墙装银蛇，彩灯华。恭祚新年才吉万千家。　　全民假，业休挂。庶高夸，众志成城迎锦上添花。

注：“银蛇”一条身长 60 米，高 10 米，重达 3 吨的“银蛇”巨灯出现在豫园中心广场上，这组“玄武献瑞”生肖主题灯组是春节民俗艺术灯会的核心。

■ 胡　息

壬辰非甲午

悍撕默契起风波，以购蓄谋讹上讹。
怎奈壬辰非甲午，待看瀚海竞渔舸。

潮

十八台阶风雨豪，一台一步领新潮。
新潮滚滚旧潮退，潮起潮奔臻舜尧。

钟情（新韵）

银鹰航母互钟情，着舰起飞一试成。
前客恁多谁与似，中华海上耸长城。

■ 陈明南

参观台北故宫博物馆

美轮美奂新宫殿，疑是京华在眼前。
故国文明传万世，炎黄裔胄血缘连。

㊟：台北故宫博物馆建于1965年，建筑风格承北京故宫。

台北101观赏夜景

风驰电掣上高楼，烁烁星空一眼收。
悦目赏心聆絮语，万家灯火靓神州。

㊟："101"是台北市标志性建筑，高101层，该楼快速电梯是世界一流。游客每人配一副耳机，聆听女播音员介绍五光十色的夜景。

阿里山神木

巍巍神木木中坚，铁骨虬枝直指天。
荡涤阴霾山水秀，从容啸傲在林泉。

㊟：导游介绍，阿里山原始森林遭日寇滥伐，因慑于大自然惩罚，留存极少的巨木，谓神木，并铸塔祭祀。今神木参天（二百余公尺），为阿里山一景。

阿里山三代木

崇敬观瞻三代木，往年沦丧意难平。
人间正道沧桑在，满目青松夕照明。

注：阿里山有一棵原生木，被日寇砍伐后，从根部长出新木，为第二代，又被砍伐后再生新木，为第三代。今三代木迎风挺立，令人崇敬。

■ 沈永清

含鄱口留影

含鄱岭上望鄱亭，可览鄱阳出口形。
俯视前川千嶂小，静观远水一湖平。
白云岂料飞天过，紫雾谁知立地生。
好在相机先影捉，未亏今世又重行。

游济州岛

一样山川一样风，几分考释好包容。
火山喷发遗迹在，海女传闻悯惜浓。
茅盖故居人住屋，水蟠顽石鬼差龙。
时光半耗商家店，尽日奔波壮脚功。

游冲绳岛

冲绳昔日谓琉球，隔海依偎是九州。
首里京城新俗尚，玉陵帝葬旧风流。
水揉坡岸沙滩碧，日照山村竹径幽。
福建移民今不见，契机留待翌年酬。

■ 沈钧山

咏九段沙

素面朝天不用妆，亭亭玉立水中央。
江溟汇毓新生屿，乍露清姿映一方。

济公故居观感

袈裟褴褛醉癫歌，一扇能驱百万魔。
活佛济公应运出，只缘人世不平多。

读《九段沙湿地》

江流入海得宽赊，水汇飘浮衍沃沙。
簌簌清风芦苇荡，融融丽日雀莺家。
蟹螺爬地招潮汐，鹬鹭飞天布绮霞。
移镜云波观郁岛，锦鳞欢跃雪涛花。

■ 王伟民

自行车龙游抵松阳道上

无数峰峦云絮轻，飞旋苍鹘似相近。
千盘百曲巉岩路，历尽险关来坦平。

遂昌登九龙山

两浙巍峨第二峰，攀藤披荆险重重。
人生但有凌云志，谁道天梯不可穷。

瑞安过孙诒让玉海楼

书中自有蕙兰熏，匡谬校雠惜寸阴。
今仰高山桥畔过，楼前阵阵溢清芬。

■ 胡树民

咏千年古镇锦溪

傍水人家九曲桥，船娘吟唱故乡谣。
千奇百怪珍藏馆，韵味无穷兴味高。

■ 黄诗俊

芦山地震拾零

一

正是人间四月天，万峦葱翠百花鲜。
倏然地动山摇曳，无数生灵一命悬。

二

急赴灾区抢险时，飞沙滚石阻车驰。
腰伤颅破浑身血，岂挡我军威武师。

三

娇娃哄逗稚童玩，手足连心至爱间。
地抖轰然房舍倒，姐身护弟弟生还。

四

回眸一笑五龄丫，袖染血污头裹纱。
环视亲人强忍痛，震魔怎奈小妍葩。

五

校屋狂摇目眩昏，墙泥震落众惊魂。
师呼学子咸逃避，最后才离教室门。

■ 徐文昶

赞新场竹枝词

浦东新场古镇被列为第四批中国历史文化名镇，重游有感。

一

新场古镇石笋里，盐业赋为两浙先。
茶楼酒肆沿街列，应时海味待客鲜。

二

雷音晓钟声隐隐，横塘晚棹影翩翩。
枕河人家仪门雅，功德牌坊飞彩悬。

三

水乡河道系缆处，小桥舟楫橹声还。
禾田桃林纵阡陌，谷香花艳满人间。

四

鹤塘棹歌东乡调，江左琵琶名声扬。
浦东道情锣鼓书，延续文脉万古香。

■ 丁萧寒

离愁

古有长亭留客雨，今朝月下断肠风。
望穿秋水云天外，一段相思飞碧空。

岁月痕

风雨千年铜雀台，霜侵尘满野花开。
无边岁月谁人记，不尽相思何处来。
多少悲秋欺旧客，有无多病自心哀。
红尘寂寞染霜鬓，天上流光不必栽。

朝中措

春风暖雪化江冰，红日照轩庭。除夕烟花似火，流光胜比繁星。　　年年此夜，家家喧闹，爆竹声声。满腹相思愁绪，为君诉此衷情。

■ 王明明

柳梢青

月夜狂风，叶摇枝颤，满径铺红。爆竹声声，烟花缭乱，梅谢今冬。　　百花渐放春浓，日出暖，长河向东。素手添妆，为谁对镜，暗诉情衷。

忆江南

扬州忆，最忆瘦西湖。正是一年春好处，半城烟柳半城湖，草色有还无。

扬州忆，最忆五亭桥。夜色清新圆月朗，箫声耳畔伴风飘，何处玉人教？

扬州忆，最忆是三刀。无数传奇千古颂，知精致品味多娇？留代代风骚。

雨中瘦西湖

烟柳丝丝舞水滨，楼台洒雨沐痕新。
清溪艳映残春里，摇曳红裳欲醉人。

六月二日贺老父米寿

春花秋月岁轮移，老树新芽展绿枝。
白发频添耆宿日，豪情不减少年时。
风轻云淡柔肠曲，地覆天翻断魄诗。
米寿弧辰行路健，南山再步望期颐。

㊟：弧辰指男子生日。明张居正《答上师相徐存斋书》之二五“恭惟弧辰届节，寿缠增辉。天上神仙，身久留於寰世；山中宰相，望益重於华夷。”

■ 田宁疆

雄黄

稚儿当额点雄黄，似禀神英作大王。
缠臂斑斓添虎翼，何惧百邪施蛊狂！

春晨

勤鸟争鸣催梦回，晨曦划破幕帏来。
村边阡径随心走，溪畔繁花寻岸开。
幽阪残霜欺败叶，阳陂晶露润新莱。
家园如幻一泓水，袅袅炊烟垂雾埃。

初夏

黄花落尽籽荚肥，雏燕戏嬉还奋飞。
拂面南风追麦浪，烦心骤雨袭阳晞。
枇杷掩舍炫新果，丛树漫坡浮嫩绯。
随处青葱涂大地，此心跃跃欲重归。

■ 刘　梅

初春即景（新韵）

小园斜径鸣禽飞，春草池塘鱼浅回。
微雨梨花轻落雪，细阴绿柳淡拂灰。
碧山有情云初暖，紫陌无人雁乍归。
莫问芳年谁与度，且随东风数蔷薇。

清明不适寄怀

时逢寒食方多病，细雨如愁意索然。
草色空朦斜照里，山容清瘦落晖边。
寒灯拨尽难为梦，晓夜吟伤未竟篇。
这片冰心谁领略，梅花欲放待来年。

■ 陈以良

春之咏梅

春风何日过江东，涩涩梅腮欲染红。
三弄清声横笛外，冰心一瓣走风中。
情浓积得虬枝老，霜冻唯成体骨雄。
揖别东君归故里，只留魂魄祀苍穹。

巴厘岛游

假日长行飞绿岛，上元时节着冰绡。
琳琅锁镜繁花俏，一朵簪头金步摇。
家庙万间无寺侣，窄街无处不堆雕。
参神切记唯当早，户户燃香伴起潮。

■ 杨 云

晨雪

寒流滚滚朔风吹，星暗平明白絮飞。
松柏千枝披缟素，梨花万朵缀枝葳。
岚山云散银蛇舞，江水涛平碧浪微。
玉宇无尘天地洁，相邀赏雪不思归。

促拍满路花　秋意

高柳斜阳处，临水瘦花天。闲来谁共赏潺潺。澄江如练，云度澹秋山。疏黄间红树，飒飒风凋碧残。波上寒烟。　　远松苍郁如画，阡陌几蜿蜒。漫观秋意正阑珊。征鸿声里，任意绪流连。望断黄昏月，探问婵娟，何时夜夜长圆？

梅弄影　踏雪寻梅

画桥堆雪，寂寂黄昏月。香动隔溪自越。独树春芳，横斜枝上叠。　　琼花莹洁，影落寒池缬。缕缕幽思心结。欲折一枝，天涯寄远约。

荷叶杯　谁念倚栏人

又似那年飞雪，寒绝，银笼淡黄昏。浣溪沙里诉芳尘，笺上泪沾痕。　　风卷暮云遮月，饮别，把盏满琼樽。无言相对暗销魂，谁念倚栏人。

■ 曹　森

游张家界金鞭溪

一

一注清泉天地移，神龙摆尾下瑶池。
景随人动千张画，水彻溪清一路诗。

二

五彩龙花石路边，千峰百壑水杉延。
金鞭溪水随君走，鬼斧神工叹息连。

㊟：龙虾花乃张家界特有花卉。

漫步黔东

迢迢万里入黔游，信马由缰心愿酬。
镇远城中听往事，舞阳河上泛轻舟。
西疆苗寨聆千籁，梵净山头踏百丘。
今日夜郎当自大，巨龙飞架势方遒。

㊟：“巨龙”，杭瑞高速年内将贯通黔中，明年将有十三条上马，县县通高速。

武陵归来

湘西异境赛人为，风雨长雕巧入微。
西海翻云千柱柢，金鞭驱砾百泉飞。
山重水复藏幽谷，峡险崖危映夕辉。
路转峰回人欲醉，武陵游罢画中归。

■ 孙 谦

一丛花　过年(新韵)

春来冬去暖阳生，华夏庆年丰。烟花怒放红灯照，舞狮龙、锣鼓齐鸣。骚坛墨客，共迎吉庆，吟咏笔耘耕。　　丝丝细雨润禾苗，紫燕衔春风。亲朋好友相恭贺，业昌盛，和睦安宁。千家万户，临门福祉，欢乐聚荧屏。

■ 王义胜

访杨廷麟墓未得

来吊杨公地，踯躅寻未获。
古墓尽芟夷，杰阁建煊赫。
默记功勋碑，空羡富豪宅。

官商拜黄金，忠义失血脉。
市廛尘头起，滚滚扑孤客。

注：杨廷麟，字伯祥，明崇祯进士。满清入侵，死守赣州半年，城破率兵民巷战七天不支，投清水塘殉国。有大墓，俗称杨公地，今于其上建有商品房。

赣州怀古

金城铁郭映山光，自古要冲作巨防。
雉堞蛇行控闽粤，炮台虎踞阻洪杨。
无边风月诗酒地，轮转刀兵龂腐场。
独我凭栏发歌哭，神州多难是家乡。

八境台随感

凌空楼阁对苍山，人迹清寥春意闲。
亮槅虬窗余雅静，浓花茵草弄姿颜。
心怀千古家国里，身在一团烟雾间。
惆怅水枯声寂寞，涛头不复打城还。

注："身在一团烟雾间"，时赣州大气污染严重，能呼吸到酸味。

谒五百名贤祠

五百名贤祠宇崇，曲阑干畔路西通。
寻诗遍数梅窗月，读画欣逢竹院风。
迭石嵯峨亭偃仰，四围环绕翠玲珑。
苏台麋鹿成墟址，一角沧浪终古同。

■ 张佐义

参观上海博物馆《翰墨荟萃展》有作

读黄庭坚草书《史记·廉颇蔺相如列传》

投荒千里远，谈笑识穷通。
浩气长忧国，私心不废公。

胸襟江海阔，章法古今同。
化作临池意，龙蛇一纸雄。

读董源《溪岸图》

一代宗师者，披麻细作图。
峰峦间树石，宅第接江湖。
出岫悲鸿也，归云涤子乎？
丹青命多舛，拭泪起长吁。

㊟：涤子即大涤子，清画僧石涛的号；张大千以所摹石涛《风雨夜归人》轴换得徐悲鸿的董源《溪岸图》轴。

长江第一湾

云南西北，横断山脉阻隔，形成金沙江（长江上游）、澜沧江、怒江三江并流地理现象，金沙江流至丽江境内，成小于直角的大转弯，号称长江第一湾。

急峡高江撞向山，昂然折返急成湾。
惊天浊浪排云立，玉树临风一鹤闲。
雨覆金沙泸水赤，梦萦故国九嶷斑。
从此别离难自抑，东南万里不回还。

■ 何积石

开元寺

双塔如来青史修，祥云正道不胜谋。
莲宫广识菩提愿，净土普施智慧求。
了却虚空开法眼，可知结实入心头。
遍寻弘一涅槃地，花落花开见自由。

汉宫春　画之情

快活烟云，正无边变化，聚散逍遥。争强秀色，实情迷醉辛劳。前朝百怪，待安排、大美神交。知笑我、因缘结识，布衣从此风骚。　　文气是非生事，恐芳心不断，智慧高要。恍然大千有味，新样推敲。忘机得路，好攀登、惊动溪桥。随左右、湖山记取，莫愁生意新潮。

高阳台　退休留存

想得芳菲，灵光梦里，斜阳别照人间。独上层楼，青灯交集流年。曾经已许烟云舞，解春秋、笑我悲欢。老茶香、料理书林，相识先贤。　　惊呼好个诗知己，供山家检点，古意流传。粉饰如今，妙头自过偷闲。漫须草木从奇绝，及乾坤、援引时鲜，任沉浮、聊发张扬，大写因缘。

■ 李文庆

元旦步韵酬诗友

一

海天芳思逐云驰，江柳垂青欲吐诗。
待得春雷散寒雾，繁花满苑盛开时。

二

春花秋月逐风驰，云淡云稠俱化诗。
啸咏江天觅知己，岂忘相遇布衣时。

南乡子　过浦东川沙内史第怀念宋庆龄先生

——纪念宋庆龄诞辰 120 周年

惜别故乡云，难忘峥嵘岁月痕。多少烽烟多少梦，艰辛，只为中华锦绣春。　　不改故乡音，话语琤琤一片心。暖似和风苏万物，丹忱，海上朝霞千古新。

南歌子　回沪定居有作

北站依依柳，青春别沪江。云山烟水忆匆忙。携手将雏、往返度韶光。　　海甸婷婷月，晴辉满故乡。归来欢聚醉华堂。忘了秋风、吹我鬓微霜。

■ 张忠梅

冬日见枇杷繁花满树感而有作

一

大地凝寒雪舞风，繁花满树笑盈盈。
来年捧出黄金果，献给人间无限情。

二

蓬蓬绿叶四时秾，五月枝头摇醉红。
人赞果甜滋味美，谁知育蕾正隆冬。

鹧鸪天　听内史第讲座怀念宋庆龄先生

——纪念宋庆龄诞辰120周年

古宅芳园瑞气腾，晨霞含笑听啼婴。谁家养育娇娇女，小学堂中雏凤鸣。　　申正义，播光明，乡音相伴踏征程。长怀天下民生事，一片丹心华夏情。

■ 柯玉娇

村晓

日彤脉脉半开颜，春水蔚霞相映还。
群麓嵯峨隐天外，忽闻鸡野唱山湾。

癸巳感赋

爆竹年年辞旧岁，晴烟今夕向天来。
银蛇骁猛破冰起，喜看清源渐次开。

梅思

春光乍泄俏寒花，落拓人生载酒家。
如梦如酣逍逸复，长歌当哭雁平沙。

■ 颜志忠

乡间小河（新韵）

清漪拍岸湿苍苔，长橹轻摇屋影歪。
桥上谁人打花伞，雨丝斜濑送香来。

枣树（新韵）

弯腰瘦小不言语，竹打扒开皮一层。
为给顽童解馋嘴，来年依旧满枝红。

深山小店（新韵）

场角一爿小店家，柜台杂乱土墙斜。
门前黑狗轻声吠，走出蹒跚两个娃。

小区池塘边（新韵）

荷尖出水立蜻蜓，对岸花丛送鸟鸣。
俯首翻开社区报，心灵更觉拂春风。

■ 张志康

游上海辰山植物园

依山连水绿铺畴，兰展平添远客稠。
蝴蝶翩翩齐振翅，兜铃串串尽垂头。

更登高脊汗珠洒，直下深坑飞瀑流。
沪上新开清趣地，余情缱绻竟难收。

车次五台山至大同途中

一路盘旋雁北看，山穷水竭土坯残。
风掀帘角荒庭院，羊啮草根乱石滩。
间有白杨抽绿晚，或无青鸟及春欢。
愁肠欲断难怜处，终问导游心略安。

㊟：第六句谓有人即景臆断，山里佬难娶，山里妹难嫁。

过应县木塔

曾因剪报寄吾思，今睹真颜来恨迟。
年历百千雄固在，楼分四五苦难支。
神奇堪入世遗录，仁厚犹垂体恤慈。
塞外风情弥久远，几多华夏寸心知！

㊟：第四句，指塔身明五暗四实九层，已向东南倾斜，不允登楼。第六句，指辽萧太后建塔以佑乡里。

采桑子　雁门关

雁门关上山风劲，猎猎旌旗，血染旌旗，誓死成仁忠烈祠。　　关中西口必经道，商旅传奇，发愤传奇，创业兴家首数祁。

㊟：末句，指祁县晋商。

■ 周洪伟

游霸王潭感赋

霸王履印汲泉边，崖上宋题留眼前。
骚客英雄今可在？山岚竹海伴千年。

咏玉

光莹白璧润无伦，五福环圆悬贴身。
谷粒浅雕呈古意，留痕岁月有纹珍。

早春即兴

楼前玉笔未开锋，村口夭桃独自红。
若是东君随我意，万千羊紫画晴空。

古松

华轮九十身犹健，岁月沧桑骨愈虬。
熟睹刀兵惊血火，欣闻锣鼓喜金瓯。
摇风沐雨寻常事，友竹侣梅非俗流。
霜雪曾经识冬夏，晨昏依旧阅春秋。

■ 王新文

旅次新加坡四首

螃蟹上树二首

一

不在滩涂蛮横逛，却攀细树欲何为？
豆光竖眼无风景，劝尔收螯趁早归。

二

久栖浅水生奇念，亮甲陈兵霸上风。
可惜匆匆无策划，归途难觅穴巢空。

蜂落花蕊

振翅嘤嘤停落忙，精灵一点灿红黄。
辛勤撷采晶莹蜜，唤来天地百花香。

与友人共茗

名峡依然万顷纱，华楼数盏沁心茶。
斜阳细语寻常事，却是晨途不谢花。

注：“名峡”，指马六甲海峡。“华楼”，指金沙大酒店（三楼一顶），位于滨海湾，新加坡地标建筑。

■ 夏春镗

偶之北京

竹青鸢紫日西斜，稻叶娟娟鸣翠蛙。
遍撒观音甘露水，京城入夏舞杨花。

农家乐

稻香吹过水声来，疏竹有风近古槐。
鹤发婆娑秋色好，千金耗尽筑楼台。

■ 朱　荣

咏春

一

百花吐蕊献春天，福到人间送旧年。
如梦如诗似相识，心香祝祷至君前。

二

芳草青青沐雨露，湖光潋滟柳知新。
渔舟逐水听鹊语，笑看众花同醉人。

藏头诗为亦晨小朋友双满月题

胡家添女龙添脉，亦喜苍天降有情。
晨雨夕阳勤祝祷，安康敏慧貌倾城。

重阳思父

重阳渐至黄花绽，忆起儿时父子情。
泪湿衣襟倍思念，深宵辗转梦难成。

■ 张燮璋

落花

一卷残书送夕阳，万花飘落盖诗章。
楚台云散空垂泪，汉殿声销枉断肠。
吹去何能忘故态，舞来犹自带余香。
流莺应惜春将尽，几瓣翻飞啼未央。

初夏入梅

压枝梅子压书卷，山抹微云雨乍晴。
满户风来烧艾味，穿帘飞入独蟾鸣。
最难消受欠诗债，颇费踌躇逐性情。
草树似烟灯似梦，吟声销尽卖花声。

■ 张聪芬

清平乐　夜游尼罗河

尼罗河畔，遥望街灯暗。劈浪游轮行缓慢，金镜悬天璀璨。　　鼓声响彻云天，舞姿逸态如仙。异国风情陶醉，清凉斜倚船舷。

清平乐　农家乐

阳春难误，细雨撒堤路。杨柳絮飞遮古渡，迷却游人无数。　　湖边迎客人家，山珍野菜椿芽。一曲乡音小调，欢声撩乱桃花。

浣溪沙　紫竹园述怀

霜染青丝情未衰，竹园留影梦中来。一花一木入幽怀。　　风月难更流逝水，长歌犹恋故亭台。腊梅傲雪抱枝开。

■ 陈衍亮

离家前夕与妻广场上久坐

广场人满舞翩翩，轮滑女儿如燕欢。
默默一隅牵手坐，欲将缺月望成圆。

留守老人

绿芽又发一轮新，扛起锄头自理春。
儿女何如梁上燕，年年不改与人亲。

连日阴雨得句寄北

江南十月连天雨，客舍孤灯四句诗。
只道幽情何数得，一丝银线一丝痴。

千佛山上望泉城

城上穹苍群鸽飞，黄河遥卧影依依。
齐烟九点今遮半，争出高楼沐落晖。

■ 张秋红

诉衷情　除夕

慈颜岁岁梦中寻，乡土贵于今。天涯纵隔千里，不负故园心。　鱼恋水，树怜荫，鸟怀林。至今游子，魂绕家山，情重知音。

蝶恋花　元宵

湖畔彩霞连绿草。十里长街，旗舞红灯照。烟柳丛中春意闹，群莺争唱倾城笑。　林立高楼宜远眺。凝望雄姿，惊叹河山貌。花竞芬芳灯竞俏，满园尽说韶光好。

一剪梅　团圆

几度乘风破浪归，任雨霏霏，任雪纷飞。盼来明月照金杯，又贺春回，又颂芳菲。　每羡人间脱颖锥，共恋书堆，共学寒梅。闻鸡起舞向朝晖，欲待扬眉，欲听惊雷。

■ 沈　毅

梅

介释东风第一枝，江南春色正回时。
冰肌玉蕊罗浮梦，难忘清宵香雪姿。

兰

幽馨一品起文澜，素逸奇葩尔雅看。
谿谷焉能留得住，随君飘出五云端。

竹

碧翠迷笼万里烟，枝枝叶叶恸灯弦。
潇湘夜雨红颜泪，愤世人寰一段缘。

菊

春光不媚爱风秋，一任浓霜打未愁。
漫识陶公归去赋，东篱园趣寄身悠。

■ 王金山

访陈从周艺术馆

中国存奇士，园林系大家。
构思俱独特，妙笔更生花。

南北湖

三面环山濒碧海，鲍堤剖水北南开。
春风拂柳黄鹂唱，引得游人四处来。

云岫庵

古庵千载名云岫，跨海观音小憩来。
雪窦清泉甘又冽，众生得福乐无灾。

■ 赵继松

鹧鸪天　望台湾

南望台湾又一年，春波已启返乡船。青山起舞迎归客，鸿雁传书结队还。　云复聚，月星圆，台湾自古属中原。人民伸着司情手，别后琵琶一处弹。

南乡子　咏蟹

佳节闹重阳，自恃双螯横四方。釜底深深夸海口，休狂。玉液金樽敢较量。

御冷岂须姜，赤胆英雄热满腔。解甲执戈应尽兴，干觞。笑饮东篱菊正黄。

■ 周　雨

水仙的品格

玉骨轻姿淡素妆，丰年花放万家香。
无穷神韵源清水，装点新春贺小康。

杜鹃花之歌

凄风苦雨度秋冬，野岭荒山任自容。
待到天时晴暖好，鹃啼滴血染山红。

迎新年

东风吹拂艳阳天，细雨绵绵柳似烟。
歌唱舞台飘彩袖，诗吟琴谱乐丝弦。
龙腾华夏山河壮，人写春联岁月妍。
佳节频传新讯息，金鸡抖擞报丰年。

胥鸿程

虎丘奇迹

苏州景色眼帘收，夺目奇观在虎丘。
斜塔劲风吹不倒，断梁大殿竟长留。

寒山寺

素负盛名扬海内，枫桥明月照帘栊。
寒山胜迹传千载，古寺钟声漾雅风。
诗史空回游子恨，丰碑长记匠人功。
一衣带水留佳话，夜泊遗风咏不穷。

采桑子　石湖美

上方山下石湖美，夕阳妍红，飞絮蓬蓬，垂柳飘飘迎醉风。　放歌一曲情难尽，天色蒙蒙，云彩憧憧，往返骚人意未穷。

李枝厚

过桥有感

小桥简朴卧东西，呼任行人喜过时。
踏碎身躯无怨悔，潺潺流水似歌之。

八十拜师

人生八十方开始，夕照程途韵事稠。
文苑何妨献回丑，拜师李杜学风流。

激情何处

激情奋发想当年，夕照苍松凝景妍。
深院如今觅何处，文心不老比诗仙。

诗词入编《中华诗词家名典》读后

打开典页乐毋支，高吏名家入眼时。
细看几多难入眼，凤凰燕雀一枝栖。

■ 宦振宏

题高士图

淡茗耗时光，高人住土冈。
明朝真拔剑，必欲定三方。

咏友

酒酣求尽兴，茶醉欲清心。
何事常相聚，知音赛万金。

■ 杨佐元

清明时节

柳绿桃红细雨蒙，人间天上隔西东。
微风松下祭思念，薄雾碑前描黑红。
世路虽难常系日，情缘可贵善尊崇。
慈悲但愿众心化，万事自然能达通。

游尚湖虞山

碧蓝相映水中弦，十里青山艺线牵。
绝壁剑开云雾路，双桥溪过佛门前。
天池梧叶良宵引，石谷渔村晚渡连。
淡远清微容迟速，地灵人杰创峰巅。

■ 刘绪恒

曼谷印象

受施人聚半街长，酷暑炎炎夜放枪。
瘦骨众生忧未饱，成群鬼佬坐西阳。
昼行满目金光顶，夜梦临河碎瓦墙。
四面佛边歌伴舞，常祈信众渡安康。

江郎山秋日登临

年少谁谙秋味道？江郎才气不逢时。
闲云化作如椽笔，烟霭旋成混沌诗。
皴墨千岚生妙醖，狂歌一路向山池。
无须细说夕阳好，峰暖泉清水自知。

㊟：“山池”，山季伦（山简）醉酒之池，语出《世说新语 任诞》，与“山公醉”、“高阳池”、“习家池”同出一典。

永遇乐 新春

凉草霜凝，半江冰化，酒醒何地？翠点摇枝，红苞垂笑，雨散晴空媚。浮云如土，男儿遗恨，曾向寒冬伤唳。天还冷、横斜疏影，毕竟暖风情味。　　易安梦觉，新桐初引；燕入谢王邻里。遍野神州，晴明万象，多少祥和气。古人如我，盼阳春脚，唤起殷勤心计。怕遮莫、无端误了，瑞光得意。

■ 郁伟新

忆江南　春游枫溪

春游去，新雨艳阳中。柳叶垂溪波漾绿，桃花映面颊飘红。能不醉东风。

齐天乐　上海古猗园全国荷花展

马龙车水槎溪路，来观古猗花渚。夏日风微，浓阴径曲，碧叶清池遍布。芳苞含露。羡红白芙蓉，凌波轻舞。玉立青衣，娇姿哪怕美人妒。　细言咏荷妙趣，秉中通外直，标格长慕。缘缔空门，魂销墨客，留下诗篇无数。尝闻俚语。蕴莲藕情丝，爱心如诉。菡萏幽香，梦中思恋处。

沁园春　辰山秋韵

秋到辰山，叠翠云间，竞秀碧空。看矿坑园景，瀑飞灵气；水生世界，莲浴清风。四海奇葩，五洲植物，集聚温棚展姣容。金潮涌，有葵花十万，向日挺胸。　登高远眺苍穹，羡锦绣河山如画中。瞰九峰三泖，恢宏浩瀚；良田遍野，郁郁葱葱。大学新城，高楼林立，飒爽雄姿映彩虹。凭栏处，叹细林胜地，韵味无穷。

㊟：辰山植物园于2012年国庆前后举办“辰山秋韵”主题花展，以向日葵、王莲为主打花卉，营造秋色怡人、恢宏大气的公园景观。辰山原名细林山。

■ 贾立夫

述怀三首

一

漫道沧桑入晚迟，回眸岁月正当时。
幼无鸿鹄凌云志，老有修篁歇凤枝。
坦荡人生无愧事，清新头脑可吟诗。
请君莫叹春光逝，揽月交杯赋菊辞。

二

长途老马抛辎重，犹比鱼儿乐碧湖。
朝唤友人磋韵稿，暮偕晚辈说蟾蜍。
布囊羞怯休趋市，陋室无妨好读书。
小酒半杯邀日月，琴声伴我织新图。

三

隔市远离车与马，书城坐拥走天涯。
春蚕默默抽新茧，老井涓涓溉小花。
银线频牵连四海，鸿书往返入千家。
老夫欣喜逢昌世，一袭寒梅立晚霞。

■ 郭 莹

白梅花

冰心素影立江昏，颜润琼肌雪作魂。
玉骨傲霜清雅态，袖盈风婉暗香存。

白莲花

冰肌雪骨立方塘，颜洁仙姿九蕊凉。
玉露熏风心脉脉，袖衣碧绿晚风香。

一剪梅　梅花

澹澹寒波百卉凋。细蕊疏枝，霜月清箫。玉肌香骨独江天，冰洁幽贞，逸韵高标。　白雪翩飞醉梦摇。脉脉无言，清影姿娆。含章殿下印梅妆，巧笑娉婷，万古魂消。

■ 姚金龙

同学聚会有感

今朝有幸喜重逢，浊酒三杯友谊浓。
却忆当年风雨夜，寒窗共读暖心胸。

江楼品茶

初上华灯夜色柔，汀花香气漫江楼。
客来聚品新龙井，茶淡情浓话九州。

菩萨蛮　枫泾水上人家游

波光潋滟红鱼闪，湖边亭榭游人点。嫩柳倦飘扬，白鸥随野航。　渔舟维远浦，风起消残暑。明月照银觞，小楼陈酒香。

■ 吴家龙

生查子　元夜二阕

一

银花火树宵，万盏灯如昼。月皎舞龙欢，钲响笙笛奏。　彩灯童子提，朋辈猜谜逗。社会构和谐，百姓安康寿。

二

人潮涌市街，月上山墙庑。妇女走三桥，青壮调狮舞。　　瞬间月色朦，雪打红灯鼓。瑞景兆丰年，乐煞农耕户。

注：故乡崇明元宵夜妇女有走三桥的习俗。

■ 吕　霜

赞上海老年大学《诗词创作班》（新韵）

南塘深处露华浓，降帐门庭格律宗。
兰韵绵绵情有得，吟声朗朗味无穷。
骚坛有路蒙师度，捷径无涯凭自功。
老骥识途何惧远，桑榆爱晚更葱茏。

南柯子　游三山岛见趣

碧岛天连水，舟行剪浪航。暮晖斜半照农墙，袅袅炊烟迎客到厅堂。　　柳绕湖堤绿，鸳鸯深苇藏。东篱漫野捡秋忙，争渡惊飞鸥鸟几迷航。

■ 秦莲英

忆江南　山泉

山泉水，清澈见鱼沉。碧浪银溪吟曲婉，粼波玉带映云深。闲步我听琴。

采桑子　花悟

香花无视根茎叶，爱露风骚。常露风骚。昂首临风自醉陶。　　忽知茎叶根同命，不敢轻飘。不再轻飘。同淖同荣同步摇。

■ 周梁芳

满江红　镇海行

历史难忘，今又到、清明时节。行十里、海天雄镇，祭吾英烈。明帅抗倭驰骋剑，清军御外硝烟血。众将士、为国竟捐躯，游人咽。　　中华耻，何日雪。疆海固，黎元结。驾坚船利甲，大洋平孽。义律出兵华夏辱，乾隆锁国天朝拙。莫等闲、盛世铸金瓯，坚如铁。

沁园春　长城颂

九域苍苍，宇宙茫茫，岁月传承。建长城固土，东安王氏；玉门保境，北拒胡兵。晋地燕山，秦砖汉瓦，千载延绵到大明。春秋雨，洗古墙苍老，峻岭峥嵘。　　千年古国农耕，立社稷黎元仁意诚，看长城雄伟，环球赞叹；隘关险要，举世惊倾。博大阴山，中庸戈壁，闻似黄河东逝声。传百世，颂文明华夏，热爱和平。

■ 陈剑虹

秋思

晨素漫疏桐，摇桠叶背风。
月盈秾果实，落照染江红。

驱车游太湖三山岛沿湖观感

穗芦霞染耀金容，湖泛银珠薄雾从。
翠柳风扶斜映目，缤纷重彩助秋浓。

■ 李鸿田

垂钓

倚风闲钓月，独醉揽朝晖。
隐动池鱼水，徘徊几忘归。

清明

夜落凄凄雨，寒风锁额眉。
春归撩旧梦，香烛寄相思。

倒春寒

斜风鹤舞斗轻盈，一夜雪枝惊满城。
忽报开晴离日远，依然入梦盼春声。

■ 葛海熊

忆春节

新春假日恰隆冬，促膝谈心志趣浓。
追昔抚今叹虚度，并肩携手跃高峰。

■ 张茂浩

七娘子　赞新疆风光

蓝天碧水芳菲岭。古城佛洞留踪影。巍巍天山，银装辉映。丰腴水土生灵孕。　　温泉塔曼肌肤润。天桥铁谷联千仞。翰海明珠，鱼肥草盛。风光秀丽多奇景。

散天花　贵州梵净山

云雾山中佛事隆。从来多梵宇，竞芳容。溪流倾泻响叮咚。升高擎玉殿，展天功。　茂密森林草药丰。鲜花开四季，远香浓。珍禽异兽信行踪。名胜游览地，显繁荣。

■ 谢觉奋

踏青上海世纪公园

申江河畔艳阳天，青绿橙黄展眼前。
更喜花魁增美色，幽香缕缕柳如烟。

庆七一中学同龄校友七十寿诞

别离母校数春秋，学子而今已白头。
相聚酒家同庆寿，重温往事尽忘愁。
容颜历历眸中现，情谊悠悠脑海留。
但愿夕阳无限好，十年再度九州游。

游宝岛台湾有感

慈恩塔下碧潭深，游子行歌对月吟。
阿里山高萦重雾，花莲石美铸同心。
远望太鲁皆奇丽，漫步沙滩尽故音。
本是炎黄根上子，风霜难挡祖园寻。

■ 白　丁

觅春

依依雾柳碧枝芊，曲曲流泾过眼前。
细细雨帘藏翠色，嘤嘤情话笑频传。

暮春

蒙蒙烟雨浩无涯，灞柳岸边春色佳。
薄翅有情庄叟泪，清心梵舍听鸣蛙。

■ 华锡琪

青松礼赞十六韵贺《松岭诗词》创刊

莽莽深山中，千载老苍龙。
暝暝涛声里，飒飒有劲松。
根生傍岩石，岂慕娇花红。
半溪映明月，一枕拂清风。
鳞甲能蔽体，虬枝似剑锋。
蜿蜒藤萝绕，回翔仙鹤踪。
狂飙振空到，挺拔仍从容。
天寒霜露降，负雪愈葱茏。
嘉材可堪用，何梦十八公。
耸立高百尺，不羡秦皇封。
巍巍凌云木，甘愿栋梁充。
磊落如俊彦，敬佩由心衷。
松岭诗词社，雅集多妪翁。
桑榆晚景好，百年盛世逢。
满腔豪情在，煮诗乐无穷。
殚力扬国粹，华夏不世功。

登泗泾安方塔

南村胜日踏春游，湧地高标阻白鸥。
云里九峰天地外，眼前四水岸堤流。
画舟浮动三桥畔，绿野闲行万径畴。
物理细推多感悟，忽闻钟磬欲还休。

■ 顾士杰

清明

又逢寒食祭亡宗，沪上车流似地龙。
冥纸鲜花恭万冢，纷氲烟笼孝风浓。

周末枫泾古镇游

桃红映日风婆柳，浅水板桥偎小舟。
朱阁相连廊衍客，小坊深处亥蹄牛。

注：枫泾丁蹄乃该地肉类熟食名品。

■ 高 刚

听戏杂咏

龙凤呈祥

龙凤逢祥便结俦，百年妇幼识孙刘。
旧音未必逊新曲，喜气更添醇味稠。

锁麟囊

最爱程腔深谷幽，一疏一宕尽风流。
李张偷得神明火，再令锁囊传百秋。

注：李张指李世济、李佩弘、张火丁。

徐策跑城

麒麟功迹未消踪，后继跑城不负公。
眯眼捉摸精细处，淬钢似欠一炉红。

■ 陈嘉鹏

老同学聚会感赋

无奈茫然离别去，何来折柳灞桥行。
重逢历练磨难后，相聚同窗畅叙情。

老年长跑队

轻松疾步似闲游，疑是风华众少遒。
谁想妪翁情切切，一山一水一风流。

■ 徐人骥

迎春曲

静听窗外雨沙沙，满目素妆披碧纱。
垄上苗萌竞舒展，溪间蛙闹乐喧哗。
推敲韵律聆心曲，复引经文啖嫩茶。
虹彩余晖天际失，诗情画卷入千家。

敬步先叔祖蘧轩公《感怀》元玉

熏风柔叶白云天，几度夕阳依旧妍。
不屑疏才珍国学，崇贤附骥续珠笺。
同根棠棣相煎急，大陆台澎含泪涟。
待到大同携手日，缮修家谱告翁仙。

■ 孙爱萍

弈趣

楚汉争雄烽火狂，车驱马跃卒奔忙。
攻防对阵无穷乐，不见硝烟益健康。

操琴

亲密相依肩比行，龙腾虎跃舞宫商。
悠扬乐曲指中泻，跌宕音符播雅狂。

■ 蔡国华

师生枫泾一日游

无端风雨伴炊烟，有意河川灌沃田。
霜鬓毵毵留岁月，闲观云物乐歌弦。

北部湾观景

碧海蓝天一线分，白帆点点抹微云。
相邀信友游南国，暇裕烟波告北君。

■ 韩华来

苏州吴王宫遗址怀古

一

藏娇金屋国家衰，美女萧墙起祸灾。
雪耻还仇忆西子，功成隐退几时回？

二

玩月池塘作鏡台，似花女子送情来。
吴王误陷其中计，错杀功臣枉自哀。

三

盘山石级两边开，遍野青松满地栽。
镜水妆台今尚在，西施不再照鞶来。

■ 原瑞果

醉花阴　记青岛崂山

薄雾浓云山麓上，缥缈村庄炕。岩石壁层层，泉水潺潺，瀑布声声爽。　　崂山清幽山林嶂，湿地溪流唱。绝壁荆丛里，枝蔓衣撕，观景平台望。

点降唇　赞上海金山亭林

荫绿围红，亭林八景牵魂去。镇强民富，栩栩如生处。　　古韵绵绵，禅寺金山聚。松隐著，郁葱茏树，宜可和谐住。

■ 庞效铎

青玉案　老有追求

老来还有青春梦，退休后，心如镜。大学文章添雅兴。同窗诗友，桑榆晚景，学习从头整。　　诗词格律遵规定，老有追求闹中静。拒染劳神名利病。身心安乐，书山有请，学海常投影。

清平乐　春回故乡说燕

天蓝云淡，户户炊烟散。微冷春风吹紫燕，自在飞翔如愿。　　穿梭巷尾河边，衔泥筑屋梁间。再把英雄遗志，剪成柳雾花烟。

■ 吴承曙

咏牛

一自神农兴稼耕，奋蹄戮力献丹诚。
犁翻冻土残阳色，汗润秧歌牧笛声。

紫气函关载至道，碧云星汉伴离情。
草衣鞭影成青史，甘乳犹能滋众生。

荔枝咏

果然好物尽难长，三日即消鲜荔香。
白傅批图推妙品，东坡啖此忘家乡。
龙鳞作壳珠为核，冰雪如肌霞是裳。
倾国贵妃只独擘，而今黎庶笑同尝。

破阵子　顾村公园感怀

烟水画船蕰藻，泉林绿肺春申。万树樱花扑粉脸，一路风荷染绿裙。静传笑语频。　芳沚清泠鸥鹭，茂林幽邃松筠。曾是诗乡常醉客，又作茅亭听雨人。推敲新句醇。

■ 种道溪

微山湖

十里香风出碧荷，万顷菱藕掩清波。
忽闻湖上归舟唱，抗战当年杀敌歌。

古稀

东坡盛壮已称翁，野老古稀犹似童。
白发仍怀少年梦，绮霞枫叶晚窥红。

重阳

金桂飘香菊绽芳，诗人酬兴会重阳。
牵情国事兼家事，瞩目东洋越大洋。

昔日丹心燃烈火，今朝彩笔绘霞光。
黄花不怯西风瘦，七秩何愁两鬓霜。

■ 魏 薇

初夏观荷

绿影轻遮凝秀水，红颜半露送芳菲。
逢君无语心尤喜，只愿相随不愿归。

■ 王 曦

荷

无边倩碧尽呼来，几朵娇红始绽开。
知是佳人生自在，不教天意尽心栽。

■ 高望楼

春天

涧边雪暖云霞散，逐水桃花始绽春。
梅落清风何必扫，落红自会碾成尘。

书法十年

笔走纸间刚应柔，历经试炼几春秋。
他年我若南宫是，不负今朝苦汗流。

诉衷情　春波钓艇图（题画）

绵绵春柳应春寒，飞絮满春园。逢迎春掩旗酒，桃李炫斑斓。　　蓑笠戴，钓竿悬，扣双舷。老翁无饵，空点春波，莫待春残。

■ 万家怡

改孙君联成绝

走马风流君自得，用心良苦我何求。
解忧唯有三千斛，写恨多从十一尤。

浣溪沙

雁字归来少一行，卷帘深坐小轩窗。秋凉负了负春光。　昏对屏前尘帙乱，倦闻楼底酿花香。怨词看尽只寻常。

卖花声

如水夜沉沉，行旅烦心。几番离泪暗沾襟。不是男儿无志气，只是情深。　思酒更谁斟？冷枕孤衾。客途千里断飞禽。别语盈盈犹在耳，候我归音。

■ 魏　里

卜算子　蒲公英

乍暖薄冰消，十里荒郊路。野渡溪桥聚白华，又见春来顾。　飞絮约东风，听得低相语。离了枝头别道愁，更向天涯驻。

■ 蔡魏佳

笼中鸟

啾啾声碎哪堪嗟，扑簌雕笼啄树桠。
黍稷稻粱琼酿饮，何如衔叶作飞鸦？

江南春　风雪登黄山

千壑暗，万松涛。狂风迷石级，银絮戏垂髫。冰凌初踏攀云步，还指天都千丈高！

■ 卢　静

忆江南　盘门二首

一

凭栏望，还是小蓬舟。日暮青墙乌瓦在，桥边黄柳水痕收。无语自难留。

二

斜阳里，金灿满城楼。吴越是非知几度，霜天楼阁碧溪流。来岁又清秋。

■ 陈籽沄

忆江南　新加坡东海岸

东海岸，金缕窜椰榔。稚女娉婷追浅浪，长堤闲卧啜华浆。醉眼伴斜阳。

■ 丁晶晶

双廊

雾锁楼台洱海天，冬晴万里隔关山。
云堆水阔知何处，月半双廊几道弯。

冬日

一树秋冬一树风，残黄老绿叶飞蓬。
寻来好景无人问，却待繁花不落空。

■ 黄心培

金缕曲　九段沙抒怀

一

翠苇围芳甸。枕江天、银涛拍岸，绿茵无限。欣借海三棱藨草，咬住沙洲片片。更见证、沧桑迁变。顶托狂潮催淤涨，密丛间鸟语声声啭。来湿地，足留恋。　　联滩水道明如练。傍泥涂、鱼嬉泽国，鹭安仙苑。介甲纹鳞和谐处，生态平衡共建。最喜爱、朝霞光绚。曙色曈昽烘烟障，水中央疑有伊人现。香袖舞，美含盼。

二

伫望潮澎湃。绿沙洲、抬波托浪，细淘湍濑。藨草催淤成仙岛，更比天堂可爱！傍大海、乾坤交泰。鳞甲洄游来芳渚，芦丛间曲水通无碍。能隐伏，避伤害。　　珍禽共认家园在。伴良辰、添雏饲哺，啭鸣欢快。候鸟迁飞中途歇，借此繁衍後代。喜湿地、同传青睐。但愿人能长呵护，为儿孙永保原生态。明职责，莫旁贷！

霜林集叶

吴定中诗词选

漫兴十八首

一

平生谁慰此头颅，饱阅山川足自娱。
世事沧桑关冷暖，征程坦荡接崎岖。
鸿钧欲补勤还拙，书剑难分智与愚。
借取晴光留一瞬，惹人笑我倒骑驴。

二

马齿徒增未悟时，尚思弄笔寄狂痴。
谈兵纸上无馀勇，问字车旁欠酒卮。
最喜草根言谔谔，还求胸次日怡怡。
流光老更惊虚度，不惮旁人笑步迟。

三

堕地呱呱三万日，跌爬滚打上千回。
遍尝甜苦咸酸辣，尽染红黄蓝白灰。
惊彼悬崖临险阻，羡人运笔走风雷。
网屏屡见时新语，愧我愚庸学不来。

四

半世行踪惊逼仄，消残块垒忆年年。
几番訾议难由己，一往情深不怨天。
慰我而今称磊落，斥人曩昔近狂癫。
书生不说文章累，积习难除孰与怜。

五

正道千帆竞发时，孤舟曾恨滞荒溪。
躬逢盛世何言讳，仰望高山失所期。
自是情真无后悔，偏因劫重悟先机。
悠悠云水堪娱老，简食缁衣乐自持。

六

大道未行行仄径，何期临老入荒唐。
春风桃李三杯酒，况味酸甜半镬汤。

馋嘴偏遭消渴病，游仙却做打油郎。
追求散淡终难得，在世原无避世方。

七

谁说打油语不经？泰山举若一毛轻。
带枷哗众真人秀，玩偶登场戾气生。
行道崎岖歌似泣，心灯闪烁暗犹明。
江湖风物随时变，惯听惊涛骇浪声。

八

人间何处是天堂？世上原无乌托邦。
圆缺阴晴非异数，悲欢离合本寻常。
屡曾安处思危境，孰料明时遭暗伤。
堪笑刘郎来又去，天台犹自觅仙乡。

九

纵横世局似围棋，一着失机全局亏。
心事从来关国事，愁时竟尔在明时。
明看淑气添春意，愁对阴霾掩早曦。
最是不堪回首处，旧痕历历尚沾衣。

十

寻踪问迹走西东，高岭平湖境不同。
裂帛频惊宁古塔，青萍乍起大王风。
春花秋月惊残梦，渔火江枫听晚钟。
多少人间寒暖事，还如山色有无中。

十一

一枰棋局一沧桑，动魄惊心久未忘。
缩地行天生有幸，神坛圣殿去何妨。
径庭有别非天壤，岁月无声易暑凉。
成岭成峰谁省得，乾坤运转万年长。

十二

不识江湖行旅难，天涯浪迹感千端。
登高望远思临极，补屋牵萝勉御寒。
归雁踏泥留指爪，沐猴出镜裹衣冠。
当年衮衮今何在，此日扪心可自安？

十三

片心万绪起联翩，欲聚微光映大千。
时盼黄河清在即，总期明月照无偏。
五行学说金生水，千古传闻石补天。
老去应疏冗绊事，奈何积习扰安眠。

十四

人生陌路各匆匆，左右交融气自通。
天或迷蒙难找北，水经回溯总朝东。
起居已得平安日，园圃容吹淡荡风。
眼界宽时寰宇小，离愁深处总相逢。

十五

鱼目混珠嗟世态，觥筹交错鉴凉炎。
珍奇自昔皆称贵，瓜李于今不避嫌。
饮水思源怀庾信，无心出岫忆陶潜。
东君消息南枝得，新绿晓看带雨添。

十六

同悬史镜和人镜，红白妍媸竞聚焦。
一局风云争楚汉，千秋成败说韩萧。
备经艰险徐霞客，难得糊涂郑板桥。
尽阅平川与深壑，诸方各自展妖娆。

十七

浩浩长江流九派，悠悠去路问何之。
悬知老子登临处，犹赖愚公日夜移。
一息尚存仍俯首，千夫所指亦横眉。
飞舟可遂穷苍愿，德赛巍巍众所归。

十八

淋漓落纸作心书，斗转星移说有无。
难得三千浮世绘，相逢一轴上河图。
剑书自古称双绝，邪正从来别两途。
疏淡随时言不尽，春山僻处是平芜。

再作自嘲

大道未行行仄径，多情临老入荒唐。
春风桃李一杯酒，况味酸甜半镬汤。
馋嘴偏遭消渴病，游仙却做打油郎。
追求淡散终难得，是醒是睡不可装。

沁园春　再咏沙粒

得友人函，言及棱角问题及沙、砂之差。显微镜、卵石借来信中语。

书信传来，两字沙砂，互通心声。盖大千世界，不分巨细，攘熙来往，一样纵横。棱角犹存，润圆几许，千载冲磨终未平。显微镜，得天工魔法，还彼峥嵘。　品评百感横生。敢骇浪惊涛万里行。顾世间卵石，频频洗礼，溜溜光滑，不屑逢迎。虽大身躯，不如丁点，体法方圆太径庭。裁字句，悟两心相仿，吾性吾情。

张才得诗词选

偶成

三载离休意那般？诗山画海得悠然。
轻车五里尘嚣路，又挂书包学少年。

诗魔

仄仄平平日琢磨，夕阳西下竟蹉跎。
忽来好句梦中叫，又听山妻笑热魔。

鹧鸪天　学画

小病偷闲墨趣浓，无多心力读词宗。中年哀乐般般尽，晚景平安事事同。　　花朵朵，叶丛丛，生机不息草茸茸。负暄留得白头在，歇浦滔滔看起龙。

《画作与藏品》编成赋以代跋

老圃秋花撷一枝，自珍自笑自吟诗。
个中多少鲜甜事，说与旁人那得知？

赠书友

龙蛇笔走几销摧，墨趣催成又一回。
自笑耄年心不死，君家事业我追陪。

注：我平生多次学书，均以无果而终，引为憾事。如今重新张罗。

八声甘州　富阳鹳山怀郁氏双烈

过春江上第一楼头，谓山水无论。念茅庐风雨，慨然重到，别墅松筠。青草衣冠冢上，看碧血长存。题壁难寻处，立像瞵瞵。　　应是头颅无价，乾坤扶正气，烈烈成仁。想泉台抚剑，须横扫胡尘。望神州、暗弹清泪，寄飘零、伤乱世机云。凭栏久、手剔苍苔，细读遗文。

注：风雨茅庐、松筠别墅分别是郁达夫及其兄长郁华的房子。

沁园春　登北戴河联（莲）峰山望海亭

雪浪金沙，碧海青天，红顶白垣。对沧溟无际，危峰耸翠，深林耋老，极目江山。东控鹰亭，西牵碣石，南引茫茫点点船。须待月，听松吟涛唱，借枕高眠。　　秦皇汉武骖銮，笑求药长生梦不圆。想开禁百载，洋商教士，名流大吏，各占魁元。岁月如奔，苍生似寄，多少衣冠曾此悬？康南海，却临风把酒，自列神仙。

鹧鸪天　海外中秋奉怀

垂老吟诗学未迟，相逢萍水友兼师。城隅鹊闹同添酒，叶里蚕忙共吐丝。　　波渺渺，草滋滋，举头他国月明时。西风故旧门前菊，开上黄花第几枝？

浣溪沙　枫林诗社廿五年并新旧社长薪传

创业艰辛廿五冬，白头同染夕阳红。心声尽付小诗中。　　盛世高歌花万朵，豪情满纸酒千盅。双松掩映一林枫。

元宵梅庐诗会

牵羊走马付流光，又吐梅花隔岁香。
每对良宵思满月，漫言多病学岐黄。
高情落落淡于水，白发萧萧倩似妆。
倾盖相逢堪屈数，添杯联句发清狂。

浣溪沙　偶过拆迁旧地

无复低墙浅弄堂，高楼莫不姓为商。枫杨除却尽迷茫。　　问暖嘘寒真笔墨，谈天说地好文章。风情邻里足珍藏。

名人苑

比屋名人隔短墙，千秋懿范各安详。
花前蛱蝶闻馨闹，雨后芭蕉出浴忙。
仰面高楼回戏燕，沿堤杨柳舞娇娘。
新来百事浑多懒，独爱银钩下碧塘。

㊟：此苑因塑有中外名人像十多座而名之。

世纪公园银杏大道漫步

金黄满地足惊呼，迎面西风携手扶。
白发红衫披夕照，江南画出送秋图。

《春秋战国故事》编成赋感

歧多治学近荒唐，暮齿无知足自伤。
战国风云影如在，春秋人物鉴何妨。
老夫子曰仁和信，太史公书抑与扬。
堪笑当年革文化，批林绑孔没商量。

深夜闻桂

一

岁岁中秋馥郁开，年年摇曳上阳台。
梦回不识身何在，似雾如花绕室来。

二

故园老桂亦菁华，良夜深沉听落花。
明日客来添一笑，黄金满地是吾家。

浪淘沙　上海解放五十五周年会同窗

把臂喜重逢，满座春风。樽前相对白头翁。老去偏怜萦往事，一纸情浓。　　劲旅下江东，敲彼丧钟。流云飞月去匆匆。延水放歌闻一曲，夕照犹红。

㊟：座中有携来当年地下刊物《学生报》者，有高歌一曲《延安颂》。

友人八十贺寿

功名利禄复何求，淡泊生涯信可由。
大地已非文字狱，平湖尤望稻粱谋。
清风明月谁曾竭，碧涧青溪自在流。
八十于今休老大，诸君争说百年游。

试住亲和源老年公寓

园号亲和未甚遥，三秋深院正风骚。
篱边黄菊无心瘦，霜下芙蓉有意娇。
微笑当先人奕奕，钦迟随对发萧萧。
夕阳不觉红于酒，携手观鱼过石桥。

㊟：“钦迟”，犹尊敬。

满庭芳　乡思

烟雨农家，溪山学舍，杜鹃红遍青岗。雁回霜冷，乌桕点秋光。远岫夫人出阁，林深处、九老虚堂[1]。书声里，风情万种，剪烛对西窗。　　难忘！闻道是，星移旧貌，物换新装。访当日游踪，莫负飞觞。遥想石屏处士[2]，南塘上、小筑山房。飘零惯，鹧鸪声里，归去发如霜。

㊟：① 石夫人与九老祠为当地名胜。

② 南宋江湖诗人戴复古，号石屏，居南塘，为乡先贤。

行香子　当街古井

汲水漪涟，惊破婵娟。曾留得、一笑嫣然。捣衣声里，越语缠绵。绣枕巾蓝，胸巾绿，头巾丹。　天涯羁旅游，何处归田？依然是、井上栏杆。飞鸿杳杳，泥爪同湮。问东门水，南门雾，北门烟。

高阳台　为同窗再聚花山作

水阔山高，天老地荒，悲欢离合无穷。遍问刘郎，别来几度春风？开花结子淹留处，算人生、过客匆匆。笑天公、云漫长空，雨阻征鸿。　花山最是相思地，念村烟飘散白，枫叶摇红。朗朗书声，小桥流水淙淙。少年不识离情苦，耄老矣，倍惜重逢，更那堪、月魄无垠，桂子香浓。

小寒飘雪友人来电有云以《温岭日报》见寄

耄年自怕冷相欺，坐拥火炉呼裹衣。
诗胆难从酒中醉，文思应觉老来稀。
天留尔我长新识，梦到梓桑寻旧扉。
收取故人心一片，江湖风雪望依依。

借得《苏曼殊全集》夜雨秉烛

少小摩挲未识荆，老来读句每痴情。
断鸿零雁荒江泪，走马狂歌落泊名。
醉酒耽诗笑羁世，逃禅脱俗化斋精。
吹箫人去天涯远，犹谱诗魂入雨声。

㊟：少时曾见先人遗箧有是书，未识读也。

风云酬唱

重九诗翁会

昨日中午，鞠国栋夫妇设宴为三位诗翁庆寿(周退密九十九岁、田遨九十五岁、叶元章九十周岁)，席间相叙甚欢。事前我曾有小诗寄退老，蒙他步韵。又蒙田老赠自书对联一副，语多揄扬。席间，吴定中兄亦各有祝寿之作见示，高谊可感。现将诗稿、联语一并公诸同好，亦为沪上诗坛难得之佳话也。

——叶元章　壬辰重阳

■ 叶元章

呈周退老

不见华亭驯鹤师，秋来尽日惹相思。
苔岑契合常如是，气类萧条只自知。
书愤曾题酒家壁，顶风还仗岁寒枝。
黄钟毁弃精魂蚀，帷幄何人识项斯？

■ 周退密

奉和元章词长赠诗原韵

不乏新交与故知，书来常为说相思。
曾劳南国贻红豆，每到清明折柳枝。
人本下愚惟仗友，诗无进境愿寻师。
谁其欲问前朝事，劫后余生某在斯。

十月二十日醉菊主人假南鹰大酒店
祝叶元章翁九十田遨翁九十五暨仆三人，
仆忝列邻座得备聆二翁謦欬后
四日读叶翁报载佳什辄步原韵博笑

镇日无言对屋山，防痴觅句破坚闲。
文章爱读秋声赋，草阁浑如亭子间。
车入通衢行若鳖，筵开圆桌坐成环。
借人佳酿祝君寿，想见朵云晨夕还。

■ 田　遨

诗家元章兄笑正（对联）

恭绰圣陶外又一大老；
米芾王冕后有三元章。

㊟：叶恭绰、叶圣陶与公同姓，米元章、王元章之后有叶公同字。

■ 吴定中

祝周老退密白寿

童趣长留不老心，忧民不作逸民吟。
济时未吝囊中物，赐句每闻空外音。
树茂千章施泽厚，气容一衲入禅深。
伫看福寿长跑赛，共祝吾公再夺金。

祝田老遨九五寿

喜从笔健见心雄，能驾神舟上碧空。
浓满小窗思淡淡，绿催南亩日匆匆。
天工试手三千里，璈管飞声九五峰。
借得华堂同祝嘏，王桃殷柏献田公。

㊟：“璈管飞声九五峰”，田遨原名谢天璈。

祝叶老元章九秩寿，步吟丈《九十述怀》原韵

无邪视听不疑非，抔饮清瓢采藿薇。
檐溢馀馨书阁老，墨驰正气杂音稀。
随心掬水月留手，扫径弄花香满衣。
今岁添筹逢九秩，盈门宾客祝雄飞。

注：唐人“弄花香满衣”句为叶老旧宅门联。

荷影吟风

■ 郁时威

一起

嫩叶田田绿作堆，柳条未老絮飘来。
年年摄得红荷影，独想梅花一起开。

欲写

青盖高擎绿树明，蝉声顿静柳丝轻。
新荷似举题诗笔，欲写惆怅失意情。

花下眠

绿瘦红愁隔晓烟，素风冷雨对书笺。
胸中块垒无人解，独酌茅台花下眠。

唯少

滴翠飞红映眼前，经幢劫后已千年。
万竿细竹浓浓绿，唯少轻云与碧天。

恨吞

冷雨疏风碎影痕，妒红怨绿梦牵魂。
池边拾取飞英嚼，多少冤愁杂恨吞。

成诗

荷风轻扇觉秋迟，翠叶红莲映碧池。
醉步花间香醒酒，蝉鸣声里已成诗。

■ 成德俊

次韵郁时威先生荷花摄影六绝句

一

满湖荷叶碧云堆，诗意随波缓缓来。
红白高低知错落，怜她日日有花开。

二

残风卷雨又天明，滴滴珍珠叶上轻。
独恨梦中亡彩笔，花前辜负好诗情。

三

蒙蒙细雨隔轻烟，碧绿新红溢素笺。
如酒浓情人欲醉，今宵不碍伴荷眠。

四

幽香阵阵拂窗前，催得花开又一年。
唯有友情如赤日，任风任雨亦晴天。

五

清风水面略留痕，秀骨亭亭入梦魂。
高格须知风雨后，残荷有泪不声吞。

六

始悟因缘有早迟，枝头次第证莲池。
世间得失随天意，花谢花开总是诗。

雏风清声

复旦学子迎新集序

余执鞭复旦创意写作研究生班，讲授古典诗词之鉴赏与写作。或曰：创意班以写小说、作散文为业，其与吟诗填词何涉？余曰：噫！不然。君不见前辈名家鲁郭茅、巴老曹之属，其于鸿篇巨制之外，作为小诗词，则皆中矩中式，颇具神韵。盖因学泽深厚，古今通会，其所以为大家巨匠者也。今学子十数人，从余学诗词，历三月而粗得其韵。蒐其所作，集成一辑，呈于方家，冀得郢政。

胡中行谨识

■ 蔡心怡

草成

阳春不是读书天，夏日炎炎正好眠。
秋去唯求无拗句，冬来莫忘觅嘉联。
冥思苦想星辰改，戮力劳心昼夜颠。
梦醒案头仍白纸，怒而执笔草成篇。

■ 丁茜菡

赠友人

暗香袭雪日初夕，袅袅炊烟傍早回。
万里得君书一纸，七年酿我酒三杯。
蜗牛角上颜色改，槐树梦中宏志颓。
皓月忽行惊犬吠，素心无改作高桅。

■ 刘凤仙

晚春杂感

一片花残减却春，风飘万点弄纤尘。
且看雨尽云经眼，莫怨伤多酒入唇。
江上舟行惹锦鲤，亭边人憩梦麒麟。
翩跹飞燕疾行乐，何用功名笑我贫？

■ 王维剑

病中苦吟

昏头胀脑如汤灌，绵软身肢少力行。
犹羡文思似泉涌，更期佳句若霖倾。
呼天抢地求无得，顿履锤胸叹寡情。
抓树挠墙失体态，方闻此首待相评。

■ 薛超伟

澡堂闲寄

寒岁无须频捡柴，人间此处有蓬莱。
芳香裹体匀匀织，清水环身细细裁。
雾霭迷蒙仙客唱，烟波浩渺盛花开。
返归凡境轻云步，不惮凉风挟碧埃。

■ 战玉冰

十六调

沁园春外西江月，点绛唇前碧玉箫。
一剪寒梅如梦令，满庭芳草楚天谣。
雨霖铃响声声慢，虞美人游步步娇。
相见欢时鸟鸣涧，鹊桥仙处凤来朝。

■ 曹卓彧

南京大屠杀七十周年祭

岁末行人争道急，忽闻呜咽笛鸣惊。
紫峰万丈长愁倚，白骨千门无墓茔。
钟阜雨花沾血泪，台城枯柳悼亡灵。
干戈杀戮休再起，百岁之城三日倾。

■ 韩　骋

忆端午

梅雨初歇潭映晖，又逢重五海榴绯。
碧波斩岸惊鱼跃，喧鼓齐天任鸟飞。
老叟乐烹菱粽糯，稚童遍采艾蒿肥。
每朝频洒鱼粮米，谁料骚魂数载归？

■ 孙仲伯

游五连池

丹炉已灭似神迹，珠带五湖如玉觞。
不死云渊温泊柳，逢生绝处火山杨。
登峰遥想熔岩热，摆浆触惊池水凉。
苔藓百年从石印，药泉静谧野花香。

■ 余静如

醉鬼夜归

痴痴醉鬼林中探，浅草迷离印履痕。
大笑群鸦扑短翅，复惊老树卧虬根。
流萤几点追幽影，碧水一泓埋古魂。
未料山风携雨至，茫然四顾觅残樽。

■ 张爱民

忆游水乡

去岁端阳霪雨天，朝临幽洞暮登船。
撑江易渡轻纱梦，扶壁难寻钟乳仙。
千岛朦胧藏万象，一湖澄澈映三玄。
金乌不见何须觅，信步溪溦竟悟禅。

■ 陈　凡

闻友冬日游西湖

听闻好友下江南，兴赴西湖不觉凉。
曲步龙堤弹破浪，纤姿蝶舞缀斜阳。
残荷立水犹吟泣，断雪留桥意反狂。
千古苏风吹似诉，昔愁不屑梦黄粱。

■ 康　岩

功名（新韵）

世人皆被功名累，但把天平辨是非。
欲大心衰终未济，争高路断竟难归。
秦皇死后浑身垢，孔圣生前一脸灰。
莫信先贤常有理，且听老子道无为。

■ 王侃瑜

蚩尤

华夏溯宗寻正统，炎黄并重避蚩尤。
生前骁勇敌千士，死后威风镇九州。
万古洪荒乏人颂，一腔热血为谁流。
若非涿鹿全军溃，先祖英名史册留。

■ 曾　艳

风雨夜归人

晦月孤星隐踪迹，狂风暴雨阻归程。
佳人妆罢频远眺，慈母泪收将笑迎。
寒夜围炉谈掌故，内集咏雪辨才情。
柴门唱响非因叩，花犬噤声实受惊。

■ 王鑫洁

登山有感（回文）

清山碧水鸟飞尽，沁爽凉风秋月亭。
瑛玉古今艰苦访，白金轻重错杂生。
萍萍绿藻浮伤逝，岌岌黑石耸恨倾。
惊语貌然羞韵迹，叹心幽弃往峥嵘。

■ 章文颍

贺新婚藏头诗

海空一色无穷碧，龙跃九霄千里波。
文采长天藏锦绣，颍新旭日照婆娑。
喜鸾共枕良辰宿，结发同舟风雨歌。
百岁从今相濡沫，年华白首度熙和。

㊟：新郎名“海龙”，新娘名“文颍”，藏头连句为“海龙文颍喜结百年”，此诗为本人新婚而作。

■ 钱屏匀

菩萨蛮　人情冷

相逢却忘曾相识，轻风一笑前缘弃。旧事不可寻，寻来寒露侵。　　交疏情益冷，花落风雨更。独影意无着，何人问寂寥。

■ 张祖乐

菩萨蛮

金陵城内鸡鸣寺，紫金山下峰叠翠。老者近重阳，手中三柱香。　　阶前空怅惘，少妇求子养。跪拜拜不休，消愁愁更愁。

云间遗音

朱南田诗词选

自题《回春集》

十年寒尽又回春，噩梦苏时发似银。
城郭风和天地暖，江山雾霁物华新。
若非昨日齐除害，那有今朝再做人。
珍惜清和好气节，不因迟暮惜离群。

秋感

晓天霜角斗寒螿，战地黄花分外香。
露冷玉阶僵尺蠖，秋高鼎镬笑无肠。
丹枫江上霞千里，粉蝶坟边梦一场。
橘子洲头怅廖廓，芙蓉国里又朝阳。

园梅

破腊寒梅带学芳，禁芳谁令筑高墙？
须知馨馥墙难禁，一任风吹野陌香。

答苏步青前辈代柬

苏公誉我吾惭之，饱学如公是我师。
但愿不遗亲拂尘，笔花余润溉芜词。

呈郭绍虞教授

华岳峰前笑语和，十年尘海阅风波。
批儒谁鼓如簧舌，奏凯高吟动地歌。

屈指文坛推祭酒，挥毫翰墨抵笼鹅。
求公一幅诗兼字，蓬壁常悬学又摩。

读《李自成集》寄姚雪垠同志

闯旗四百十年前，起义声威振史篇。
笔底硝烟鏖战急，灯前鼓角阵云连。
东风送暖书能继，华岳春回兴倍添。
骥老不辞千里志，红心如火炽余年。

怀念丰师子恺

十年经百劫，绛帐几蒙尘。
事艺飞横祸，贞心不效颦。
卖花香满路，忧国泪沾巾。
一别高山仰，华光惜未亲。

怀念朱自清先生

池塘月色印清荷，击水曾翻万顷波。
不采山薇宁饿死，常留豪气照山河。

自题《退休集》

老去重沾日月光，十年荆路又康庄。
九州但愿春常驻，四化从教地换装。
耿耿丹心萦锦绣，萧萧白发战玄黄。
退休我亦捐微力，期上征途二十霜。

赠赵冷月同志

友谊乡情一线牵，瞻韩有幸结因缘。
公如他日归桑梓，好放南湖书画船。

中秋对月有怀

金风玉露淡云天，三五清辉分外妍。
世路当年多曲折，人间今夜又团圆。
巡天且借吴刚斧，横槊还挥魏武鞭。
极目河山秋气爽，壮心千里共婵娟。

虞美人　清明郊外即景

东风又绿江南岸，水鸭知春暖。家家门巷正啼莺，节序清明、广宇亦清明。　　风霜雨雪催人老，白发添多少？阳光雨露感恩深，浩劫十年、未减壮年心。

呈郑逸梅前辈

补白文章驰海宇，杀青掌故重书林。
前身合是瑶台侣，纸帐铜瓶说到今。

重读《燕山夜话》追怀邓拓同志

燕山风雨黯黄昏，日暮寒鸦噪九阍。
夜话无声惟鹤唳，骨灰未冷化鹃魂。
金风十月伸冤狱，甘露三年浣左痕。
花落花开谁作主？东风恩怨两难论。

浣溪沙　冷月兄枉顾寒舍余出示藏扇以供欣赏

昨夜灯花穗结群，料知今日有嘉宾。果然赵老降蓬门。　　并榻烹茶谈艺事，展开方寸见乾坤。交倾肺腑孰如君。

和定中表弟《怀旧》诗原韵

老能安定复何求，赢得和风拂暮愁。
半世酸甜都共口，十年风雨又同舟。
焉知非福塞翁马，不枉孤心孺子牛。
好趁娄江春水满，寒灰化尽见风流。

赠钱君匋乡兄

钱老工三绝，诗书与画融。
笔情摩诘似，墨趣苦瓜同。
腕底多新意，毫端化古风。
抱怀一砚水，浇灌百花丛。

市得蕙兰一丛盆植窗前戏占

素风千载出尘埃，顾我蓬门作客来。
自信寒窗无俗客，愿君长住不须回。

闻君匋兄赴兰亭书会

闻公抵赴兰亭会，禊事重修共与论。
觞咏争传新蘸墨，碑文遍访旧题痕。

浑忘扑扑风尘累，转觉煦煦天地温。
又是清和好季节，群山兰蕙自销魂。

悼念茅盾先生

苦雨燕山泪，凄风乌镇悲。
文坛沉泰斗，吾辈失良师。
古杏伤垂涕，新桑惊落枝。
薤歌三月暮，天地动哀思。

咏芭蕉

卷心嫩叶展新姿，正被春风雨露滋。
笑我行吟无写处，感君舒叶供题诗。

春日乡间漫兴

迢迢故里久相违，紫陌和风燕又飞。
地转春温山泼黛，日开云气水溶晖。
林花灼灼迷人眼，岸草芊芊引马归。
坎坷征途须步稳，莫听神话窃天机。

夏日书怀

已悔年轻少读书，老来偏爱作虫鱼。
薄荷醒脑神犹倦，只为怡情不补愚。

永遇乐　哀曼殊

古寺停鱼，落花舞蝶，谁庇僧寓？破钵芒鞋，诗囊酒橐，漂泊无常住。樱花桥上，春雨楼畔，箫起思鲈莼否？钱塘水，招来游子，留得细风轻雨。　　神州鼎沸，家山蚕食，处处英雄无数。绝代才华，纵情食色，悲壮怀空许。烟波浪迹，江胡潦倒，幸有刘三相助。问红泥寺前燕了，几曾归去？

乡思曲

云树依依动客愁，卅年离梦思悠悠。
三秋鸿雁传消息，一夜乡心上白头。

书怀

十载风霜两鬓衰，暮年重见百花开。
余生更惜斜阳好，老去逢春有几回。

辛酉对月

熏风连日化春寒，谴得诗心到笔端。
翘首中庭好月色，又从缺处见团圆。

案头水仙初开即兴

案头昨报水仙开，斗室幽香不染埃。
讨厌人间铜臭味，随风吹入小窗来。

赏莘庄照水梅

波光花影两悠悠，漠漠残香贴水浮。
宛似琼仙临镜面，淡妆绰约照梳头。

苏丈步青惠赐《枫丹白露宫》诗志谢

赠我枫丹白露诗，几回低诵几神驰。
法书宗择东坡体，怀古典参西史词。
装锦高悬辉陋壁，凭几常咏浥芳芝。
他时若遂瞻韩愿，细品清谈豁我思。

南湖泛棹

南湖烟雨水涟漪，一棹乘风任所之。
分付船娃轻荡桨，怕因划碎碧琉璃。

春游永安湖

永安湖水水连天，红映山村绿映阡。
桃靥含颦春雨后，柳眉舒展晓风前。
为听鸟语迎朝露，贪看风光下夕烟。
若与西湖比颜色，淡妆粗服更天然。

折梅赠故人

天涯游子无消息，隔海遥思梦里人。
难得陇头逢驿使，折梅赠报故园春。

归休漫兴

老享归休日，风和四海清。
读书充腹笥，吟咏见心声。
衣食堪温饱，女儿尽长成。
仔肩释重负，无虑一身轻。

秋夜即兴

雨后闲庭秋色妍，夜凉如水好安眠。
醒来但见笼帘月，缕缕清辉到枕边。

作诗有感

无学无才弃置身，风流无份作诗人。
愿留本色何妨丑，不向东施学效颦。

衰老请辞

春风送暖到人间，久病衰翁亦展颜。
斗室见闻如坐井，盆岩层叠算观山。
才如有用谋当献，力不从心任亦艰。
不是矜高辞顾问，只因羸弱恳离班。

述怀

衰病今来少出门，拥书补读近黄昏。
吟添白发三秋菊，梦远青山六里村。
满眼繁花知雨润，一窗丽日觉春温。
老来衣食无愁虑，饮得甘泉不忘源。

乡间观赏野花

信步寻花路欲迷，香风引我过桥西。
枝间彩蝶纷纷舞，树上娇莺恰恰啼。
花不知名径自静，地因偏僻客来稀。
芳心似厌游人赏，爱伴山农隐谷溪。

六里故居漫兴

依水环山六里乡，归来不识旧门墙。
家家老屋翻新屋，处处穷庄变富庄。
西野青山开笑口，三中红雨浣愁肠。
我来分享田家乐，白酒黄鸡尽兴尝。

春日园林即兴

东风骀荡遍天涯，满眼春光换物华。
老树重生新活力，繁枝不放过时花。
落红沃土苞方茂，嫩绿添阴岁复加。
今日园林生气足，千红万紫烂如霞。

读诗偶感

李杜声名千载驰，浪淘风簸到今时。
衣冠异代几经换，比兴因情仍可师。
去却陈言承古调，还将旧钵填新辞。
天公岂与唐人厚，各具襟怀各做诗。

九州吟草

■ 李文朝（北京）

朱家角泛舟

今古宜居地，吴淞一角藏。
幽情生水岸，野趣出天堂。
夜静诗空广，舟行画卷长。
何当唤苏子，珠里溯流光。

注：珠里，朱家角的别称，位于上海市。

沁园春　四季画屏

一个晴空万里的日子，余登高远望，观改革开放后的中华大地，蓝天丽日，林茂粮丰。遂思绪奔涌，勾勒出一幅锦绣山川景物的“四季画屏”，献给伟大的祖国。

春

残雪消融，原野酥松，万物复生。有嫩芽初露，幼苗破土；南风缕缕，溪水淙淙。桃蕾涂红，柳丝染翠，远近山峦着淡青。新雨过，引百花吐艳，众草蓬茸。　　蛰虫梦断雷惊。听池畔、阵阵蛙唱鸣。赏碧枝树上，莺歌燕舞；芳菲丛里，蝶恋蜂拥。鸭崽浮波，鱼苗逐浪，才绿荷尖待玉蜓。咏春意，看中华大地，一派昌荣。

夏

植被芃生，山野葱茏，满目翠青。恰时值酷暑，生机旺盛；草荣木秀，水涨河盈。雨过天晴，彩虹飞架，带露荷花多样红。接天地，绘三伏画卷，饱蘸浓情。　　炎炎烈日当空。似火烤、一笼万物蒸。笑犬舌伸吐，牛鼻懒动；马鬃流汗，蝉嗓失鸣。绿叶低垂，太阳照射，营养光合稻黍充。莫嫌热，赖气温助长，林茂粮丰。

秋

一叶镶黄，夏去秋来，金色盛装。望漫山遍野，果实丰硕；连阡接陌，五谷飘香。人影繁忙，农机轰响，催马扬鞭竞运粮。齐欢笑，饮丰收美酒，喜气洋洋。　　适逢皓月银光。仲秋夜、团圆话语长。渐风轻云淡，空高气爽；蓝天丽日，碧海澄江。枫树更妆，菊花正旺，万里丛林舞彩裳。上极顶，祝年丰人寿，岁岁重阳。

冬

落木潇潇，朔气呼号，兽遁鸟逃。正严寒横扫，植株凋谢；叶光地净，霜剑风刀。田鼠存仓，蛇虫蛰洞，垂死蚊蝇颤栗嚎。皆休矣，唤顽强生命，物种之骄。　　漫天大雪飘飘。极望目、江山披素袍。看冰封雪裹，水凝地裂；原铺白毯，树挂银条。玉岭竹直，蜡峰梅俏，绝壁悬崖松挺腰。寄凌下，有急流欢唱，勇汇春潮。

■ 星　汉（新疆）

焦山登万佛塔

趁此乾坤静，登高慰客魂。
炉烟虽散远，僧语尚留温。
山色抱京口，江声下海门。
残阳染枫叶，不肯送黄昏。

嘉兴游范蠡湖西施妆台

远携飞雪下天山，媚态全无意态闲。
却笑西施千载后，湖边我也照苍颜。

隋炀帝陵

回首茫茫问史臣，功名罪孽有谁分。
荒碑无语扶诗客，寒木摇风送夕曛。
山野倘能安百姓，宫廷何至噪千军。
君王英武开疆日，岂料孤村剩一坟。

西江月　西津渡感赋

信步当年街巷，漫寻异代朋俦。千秋日月总难留，酹地三杯淡酒。　小雨西来佳句，大江东走酣讴。诗人灵魄若回头，我在西津渡口。

■ 何　鹤（北京）

北戴河漫步

一

白浪依稀似故人，茫茫天海两难分。
湿身君亦回眸笑，半为涛声半为云。

二

滩头得句与谁听，我正深思月正明。
自知素日诗平淡，今宵加点海潮声。

三

后浪闲推前浪行，惊涛拍岸海风轻。
人生足迹怜深浅，一串新痕潮抹平。

■ 刘晓鹏（黑龙江）

读婉约派诗词有感

风轻云淡月无痕，墨韵书香万古存。
秋夜花残谁解语，词成半阙总伤魂。

读豪放派诗词有感

风流千古大江东，笑看王侯万事空。
明月相邀人独醉，乾坤一揽入诗中。

■ 刘学荣（河南）

溪山唱晚

轻舟一棹远溪山，柳絮轻浮风自闲。
莫道夕阳无限好，只因情系水云间。

沽酒阳关道

阳关沽酒不辞君，尽兴何吟离别文。
横卧沙丘眠冷月，几回塞外醉流云？

■ 李葆林（新疆）

自题像二首

一

自到人间便属羊，却无犄角可攻防。
白衣长共天山雪，黑发久经西域霜。
风懒云闲心未倦，笔枯诗瘦意犹狂。
嚣尘看破皆空梦，吟唱声中抚旧伤。

二

樵陵游子骨嶙嶙，五十春秋一白身。
亚圣名言留烙印，谪仙秀句助精神。
樽前谔谔争真理。醉里眈眈看小人。
欲把余生颠倒过，晚霞明媚作清晨。

■ 何跨海（湖南）

残荷

莲子心头苦万般，泥中池畔作强欢。
清风两袖凭空洒，浊酒千杯仰脖干。
藕断丝连秋日晚，叶残枝折白霜寒。
灵童转世如相问，宁野深山不佛坛。

秋思

秋游郊外收风景，闲卧江边思故人。
雁影横空飞去急，稻香隔水送来新。
家山旧景依然在，野马狂飙不易驯。
我自篱边栽菊满，四时烟酒亦均匀。

■ 朱　琼（云南）

一剪梅　秋思

落叶凋零诉冷秋。低唱离歌，目送兰舟。娇颜含泪落泥尘，风也啾啾，雨也咻咻。　一寸相思万缕愁。爱满心头，月满西楼。此情无计可消除，痴字凝眸，怨字难收。

一剪梅　郊游

信步郊游三月天。翠岭飞烟，溪水涓涓。河边翠竹舞蹁跹。叶荡相牵，影荡缠绵。　燕语莺声传耳边，音绕空间，人动心弦。和风细雨润心田，红了娇颜，绿了人间！

■ 贺中轩（广东）

金缕曲　神农谷珠帘瀑布

河汉琼津掘。泻银涛、撒珠千万，白梅惊雪。又似昆仑倾砥柱，唿喇冰山爆裂。谁逐杀、苍龙妖孽。抖擞猎人挥叉起，战悬崖百丈飞股血。桃尽染，色蓬勃。　　贤妻得悉焉悲切。意当时、跺山无泪，听风如咽。今访婵娟终归所，莫哂游人争说。吾伫足、清心湔骨。挥斥纵横评今古，踏前程响处雄关铁。金缕曲，唱毋阕。

西江月　夜色

夜色遥临溪口，笛声近颤村头。晚霞残片问谁收？初月如镰伸手。　　小伙姑娘相倚，落花流水勾留。过桥绕井信天游，半曲槐前村后。

■ 涂运桥（湖北）

图们感赋

仗剑双峰虏可吞，东疆旧史怕重温。
鸡鸣三国烽烟息，柳绿千家铁甲屯。
望海阁存忧国泪，防川哨立戍边魂。
界牌土字心间刻，警惕时时告子孙。

康保南天门

漫卷秋云思宋元，将军勒马立残垣。
层层叠叠无成局，浅浅深深是故园。
莫只诗中书逐鹿，不如塞上事戎轩。
蓝天极目多边患，谁唤大风歌莽原？

■ 丁浩然（河南）

晨遇

枝头新蕊绽天明，院内习拳举步轻。
惟恐惊醒儿美梦，不期晨燕叫连声。

清明

又见杏花如雨落，青松古冢悼先人。
儿时扫墓随娘后，今日清明祭母亲。

■ 贺崇俊（湖北）

重阳乐

时似白驹重菊黄，老生故态复疏狂。
乘槎学使渔笼罩，放过轻鸥网夕阳。

初游晋城

晋城山水景深幽，拜谒寻踪蹑脚游。
怕扰神农千古梦，恐惊丞相万全谋。
豪情慢慢轻声放，诗韵偷偷浓墨留。
七色镜头臻绝妙，八奇画卷一囊收。

■ 吴秀范（黑龙江）

南歌子　雪

松透三分绿，梅添一抹红。冰湖为镜理妆容，独抱芳心款款嫁西风。　思系千花里，情缠两袖中。与君相遇岁将穷，此季无香那梦也朦胧。

鹧鸪天　夜吟

无月有星夜不孤，秋情如水梦如酥。菊花冷蕊香十里，莲子痴心苦一湖。　　思过往，忆当初，词成容易境难书。红尘有泪沧桑久，怎把愁丝一剑除？

■ 王晓春（四川）

与诗友游卧龙山

云淡天高秋韵长，卧龙坡上赏晴光。
多情红叶迎风舞，不老青藤牵客肠。
笑傲园中惊白鸟，讴歌湖畔品华章。
夕阳涂抹疏林醉，忽见蓝天雁一行。

行香子

陌上轻烟，蝶舞翩翩。世情纷纭不相关。书香伴我，诗债来还。品右军帖，文同画，薛涛笺。　　酹三杯酒，吟太玄篇。看人间悲喜无端。二三知己，相对忘言。赏沁园春，西江月，鹊桥仙。

■ 李支柱（天津）

莫愁女

莫愁湖畔锁愁门，荷影摇香慰倩魂。
寂寞横塘空抱月，一泓碧水洗檀痕。

篱园夜影

菊影娉婷满栅门，蟾光潜入吻香魂。
金风只顾偷芳味，哪管霜痕映月痕。

■ 凌大鑫（辽宁）

红叶

寒霜蚀骨也从容，活在平凡岁月中。
让旧时光成历史，用新形象傲西东。
不经饮露餐风苦，哪有铺天盖地红。
无数弟兄联手立，高山流水意相通。

乒乓球

功名利禄巧安排，准备随时跃上台。
去去来来真热闹，跌跌撞撞太悲哀。
且说北战南征客，不过上蹿下跳材。
切齿咬牙之选手，为何都向你挥拍？

■ 王小娟（江苏）

抗战老兵

百战犹存未死身，每劳探问愧来人。
早添双鬓蒙头雪，不改经年满手尘。
幸得微躯全盛世，能余枯眼望荒榛。
更闻县上增低保，岂敢伤嗟生计贫。

谒三苏坟怀苏轼

嵩岳绵连汝水春，来从滴翠忆风神。
一门三杰真佳士，百尺孤标累逐臣。
但得青山可埋骨，何需野渡送归人。
我今伫立松阴下，长说中州气象新。

■ 曹印宝（河北）

咏雪

一

一点清凉触手无，追风逐影失归途。
劝君何不去三月，嫁与垂杨听鹧鸪。

二

无叶无枝六瓣开，忽如梁祝蝶飞来。
应怜一夜风千树，好叫杏花香度腮。

■ 熊石望（湖南）

回故乡铁山水库

一

移民卅载远东皋，故地新颜旧雨寥。
明月似知离别苦，殷勤相伴度清宵。

二

小丘立雪忆偏长，白绿无言入莽苍。
卅载归来同一醉，不知何处是他乡。

临江仙

冬日凭栏花意浅，枯荷瘦菊清寒。匆匆雁语怯孤单。长亭扬柳絮，江渚杳归帆。　　又是经年云水隔，相逢可有乡言？浮萍漂泊苦而酣。妻儿来梦里，明月绕床前。

■ 王善同（新疆）

天池径上

一派清宁雪满林，无风栈道足痕深。
远鸣琴韵溪缘瀑，幽转秋光径在岑。

老马当年讶何去？仙人此地慰长吟。
付诗自赖才情老，千古玲珑写到今。

雪中天池

雪迎雪送访天池，沉浸琼瑶我到迟。
十里云低花满树，一川水跳瀑宜时。
眼前幽境无陶令，身后清风有谢诗。
待选鱼竿漱流好，空垂也显子陵仪。

天池采风且次

舫外冰山倒素峰，此时正好夕阳逢。
宏声道观烟光晚，雁影霞氛太昊浓。
杯酒毡房才上岸，片林月夜又听钟。
神仙邀我天池赋，明早诗笺雪覆松。

■ 尹登林（安徽）

谒七佛山定林寺

古树千年立，危崖一径悬。
碑残诗思远，寺老野风寒。
云影迷仙境，禅音洗俗缘。
休言荒僻甚，尘外总超然。

谒高平大粮山廉颇庙

殿堂高耸感苍茫，难觅长平旧战场。
千古美谈和将相，一编青史证兴亡。
恨无良策防奸佞，空有忠心报帝王。
阅尽前朝多少事，九重廊庙总荒唐。

满庭芳 中秋寄怀

露浸苍苔，乌啼霜叶，蛩声犹断还匀。月华如水，澄澈泻无痕。闻道蟾宫寂寞，几千载，误却佳人。犹堪问，吴刚斧利，斫桂又何因？　　无伦。乖玉兔，凄寒不惧，镇日辛勤。纵捣就灵药，可济蒸民？漫道清辉湛湛，尘世上，未许平分。休嗟叹，秋光易老，诗酒正堪论。

■ 刘　斌（湖北）

蛇年寄怀

生肖遴挑幸入围，值年蓄势唤春晖。
何曾计较功和过，懒得纠缠是与非。
海口未夸吞大象，雄心有寄壮天威。
惩凶驱盗云霾散，他日挂冠携誉归。

鹧鸪天 雪

六出飞花片片寒，轻灵飘逸宛如仙。银装悦目呈新景，素裹赏心除旧颜。　　携瑞气，兆丰年，琼台一夜降人间。东君唤醒回天梦，润绿滋红春满园。

■ 吕大振（安徽）

文峰湖畔

草木阴阴小径凉，晚风时送芰荷香。
忽然一阵廉纤雨，淋湿新词三两行。

虞美人　雨中游生态园

沿湖一带游人杳，天意怜幽草。霏霏细雨湿流光，只有鸟声陪我享清凉。　满湖浓绿荷花放，何处流泉响？名园惊叹水灵灵，天地之间伊我两痴情。

■ 方宝玉（湖北）

题《雪室读书图》

岁暮千山雪，临琴酒一壶。
倩谁先解语，隔岸问樵夫。

春望

谁人日日对晴岚，雪后梅花独自探。
若是东君无爱意，何多诗笔到江南。

■ 鲁　滨（浙江）

阮郎归　还乡

罗衫昨夜意犹凉，空庭枯竹长，残枝憔悴映鸡窗，泪浸明月珰。　冬雨散，密云开，借来千尺浪，春风送我速还乡，故乡泮水旁。

江城子　新绿

庭边新绿两三株，笑相呼，倩人扶，雨后苔滑，雪袜步踟蹰，省觉光阴尤自转，伤和土，任人锄。　依然新绿两三株，笑当初，倩人无，微雨千行，滴落又何如？泪满衣襟终不悔，风又起，入吾庐。

■ 朱思丞（解放军）

雪后夜入南山赏梅

一树幽香月剪裁，空山疏影对霜台。
遥知雪夜无人至，独向罗浮梦里开。

于浦口长江畔

斜阳欲坠远山中，游客不催花自红。
水阔船披新柳色，银光万点荡春风。

游武夷山

水抱斜阳照数家，人随幽径摘新茶。
时惊飞燕掠眉过，闲觅春心到日斜。
轻理睫毛因柳絮，难追醉眼向樱花。
身前美景君勿恋，远岫如屏叠彩霞。

■ 朱长发（江西）

再访申城三首

浦东

万象欣荣胜昔年，更张三纪改坤乾。
人山厦海千重立，地铁公交二网联。
云集友朋彰引力，敞开门户着先鞭。
神州大众同圆梦，万马奔腾一骥前。

城隍庙

庙老街华盛誉传，万邦游人竟梭穿。
琳琅店铺双眸倦，璀璨霓虹八面妍。
乱世嗟闻藂道观，清时乐见袅香烟。
花添锦绣故人羡，疑是新装碧海仙。

东方明珠广播电视塔

日照明珠荡紫烟，亚洲榜眼顶摩天。
陆家嘴上仙音送，黄浦江边玉柱骞。
鸟瞰物华令目亮，朵颐鲜美任厅旋。
乘梯直上观光处，仿佛置身云汉间。

■ 依　岚（内蒙古）

临江仙　秋林初雪

红紫橙黄谁点染？绘成别样娉婷。深秋浅笑亦含情。冬将请柬，散作玉星星。　山裹素装风婉约，纤纱舞动曾经。丹枫恰似我前生。回眸依旧，多少梦盈盈。

南乡一剪梅　立春

何处觅新春，但见枝头着雪痕。点点晶莹藏个梦，心底三分，眼底三分。　天地净无尘，季节于今欲转身。待那花儿开次第。人也精神，诗也精神。

■ 李　夏（广西）

读《三国演义》戏作

铁马金戈壮虎贲，大江风起浪纷纷。
书中说尽英雄事，不见王侯只见坟。

谒秀水村状元楼

秀峰山下雨初收，碧沼蛙鸣声正稠。
莫怨平生无际遇，此时身在状元楼。

诉衷肠　黄姚古镇

掠云飞鸟两三行，人在画桥旁。风亭月阁花榭，犹水色山光。　　青石径，古民房，佚名章。问谁勾勒，千载沧桑，一抹残阳。

■ 范义坤（广东）

杂感二首

一

弱冠从戎独远游，故园景物少回眸。
灞桥求学无惊浪，沅水挥戈对冷秋。
解甲始知天地阔，客途翻觉韵文悠。
相怜惟忆芙蓉俏，斜雨红棉傍旧楼。

二

五湖飘泊一孤篷，羁旅吟怀梦未空。
欲慕瀛州尘外鹤，难忘大漠雪中弓。
浮云久酿家山雨，琢玉时来史海风。
莫道兰台春景淡，隔窗犹见木棉红。

■ 黄　磊（安徽）

夏日闲趣

一

莺啭幽篁啼翠柳，风鸣桑柘拂城邕。
深山蕴有禅深意，莫问浮生乐几重。

二

无树成阴也纳凉，轻摇风扇夜来香。
蔷薇羞答翻墙过，扯片云衾入梦长。

三

谁言夏日少芳菲？绿重红肥紫燕飞。
最爱荷塘花下日，鸳鸯戏水送舟归。

■ 张　震（安徽）

石榴树下与老妻留影

满枝硕果灿煌煌，合影相依在树旁。
莫笑石榴贪结籽，最连心处是儿郎。

壬辰中秋诗会听太和清音演奏

远市唯因恶郑声，得闻仙乐顿心明。
九嶷斑竹湘娥舞，一剪寒梅玉笛鸣。
白雪郢人谁肯唱，古风季子独堪评。
飘然未觉余音止，魂逐琴波入太清。

■ 李广慈（安徽）

醉梅花　贺《旧县诗选》出版

一抹秋霞云缕彤，紫毫吐秀韵无穷。诗集一部骚坛耀，巨著瑶章唱瑞风。　情切切，意浓浓，珠玑满卷令人崇。敲词拣韵传千载，故里花香映日红。

虞美人　咏经锄楼

无情岁月志难朽，惟有楼依旧。有钟无鼓韵悠悠，阅尽沧桑变幻话春秋。　读书立志情思厚，悦耳咿唔诱。秋风秋雨润神州，更有书风世代灿倪邱。

骚坛鸿雪

国风遗韵，民国诗词中的风烟往事

读郁达夫《毁家诗记》（上）

■ 楼世芳

其一

离家三日是元宵，灯火高楼夜寂寥。

转眼榕城春欲暮，杜鹃声里过花朝。

郁达夫《毁家诗记》共诗十九首，词一阙。这是第一首，原载1936年4月15日福州《华报》，后收入《闽游日记》。

在解读《毁家诗记》的时候，我们先了解一下郁达夫的生平。郁达夫原名郁文，达夫是他的字号。他1896年12月7日出生于浙江富阳满洲弄（今达夫弄）的一个知识分子家庭。幼年贫困的生活促使他发愤读书，成绩斐然。1911年起开始创作旧体诗，并向报刊投稿。郁达夫结过三次婚，三位夫人分别是孙荃、王映霞、何丽有。郁达夫1928年与王映霞结婚，在经历了十二年婚姻后，两人于1940年在新加坡离异，《毁家诗记》说的就是与王映霞分手的大体经过。

在这首诗的后面，郁达夫作了如下注解："和映霞结褵了十余年，两人日日厮混在一道，三千六百日中，从没有两个月以上的离别。自己亦以为是可以终老的夫妇，在旁人眼里，觉得更是美满的良缘。生儿育女，除夭殇者不算外，已经有三个结晶品了，大的今年长到了十一岁。一九三六年春天，杭州风雨茅庐造成之后，应福建公洽主席之招，只身南下，意欲漫游武夷太姥，饱采南天景物，重做些纪游述志的长文，实就是我毁家之始。风雨南天，我一个人羁留闽地，而私心恻恻，常在想念杭州。在杭州，当然友人也很多，而平时来往，亦不避男女，友人教育厅长许绍棣君，就系平时交往中的良友之一。”

风雨茅庐位于杭州城东大学路场官弄，是郁达夫在杭州购置地皮建造的住所，1936 年的春夏之际完工。但 1936 年初日寇的铁蹄已来袭，战乱的炮火已打响，搬进风雨茅庐后不久，郁达夫就应当时福建省主席陈仪（字公洽）之邀，南下任省政府参议去了。

第一句，点明了离家的时间。离家三日，并非正好三天。古文中的“三”，经常含有许多的意思，如“一而再，再而三”、“举一反三”、“三生万物”等等。郁达夫在 1936 年 2 月 2 日从杭州经上海乘船，在海上漂流了两天后，于 4 日到达福州。而那年的元宵是在 2 月 7 日，亦即离家五天以后了。

榕城，亦即福州。由于自宋代以来，人们在城内外广植榕树，绿荫满城，故称之为“榕城”。后两句化用宋代秦观词《踏沙行》：“可堪孤馆闭春寒，杜鹃声里斜阳暮。”“花朝”即指南方元宵的民间花会。

郁达夫真是个非常性情的人。离家前夕，王映霞要陪郁达夫到上海码头，送他上船。但郁达夫为节省开销，执意不肯，两人为此发生口角，竟至通宵未眠。及起早，王映霞把他送上八点的沪杭列车时，两人皆气犹未消。在上海上船出了吴淞口，改向南行后，郁达夫颇觉后悔，在 2 月 2 日的日记上写道：“觉得不该和她多闹这一番的。”“晚上风平浪静，海上月华流照；上甲板去独步的时候，又殷殷想起了家，想起了十余小时不见的她。”

其二

扰攘中原苦未休，安危运系小瀛洲。
诸娘不改唐装束，父老犹思汉冕旒。

忽报秦关悬赤帜，独愁大劫到清流。

景升儿子终豚犬，帝豫当年亦姓刘。

这是郁达夫《毁家诗记》的第二首。

郁达夫的《毁家诗记》并不是集中写成的，而是断断续续延续了几年之久。在这几年中，中国的抗战从东三省的退却，到西安事变，再到卢沟桥事变，国共两党再次合作，开始全面抗战。在这苦难的岁月里，郁达夫在宣传抗战的同时，也在极力地维护自己的婚姻。这首诗主要介绍了“毁家”的背景，并对当局的不抵抗表示了强烈的不满。

在本诗后面，郁达夫自注：

这一年冬天（1936 年），因受日本各社团及学校之聘，去东京演讲。一月后，绕道至台湾，忽传西安事变，匆匆返国，已交岁暮。到福建后，去电促映霞来闽同居。宅系光禄坊刘氏旧筑，实即黄莘田十砚斋东邻。

映霞来闽后，亦别无异状，住至一九三七年五月，以不惯，仍返杭州。在这中间，亦时闻伊有行迹不检之谣，然我终不信。

入秋后，因友人郭沫若君返国，我去上海相见，顺道返杭州；映霞始告以许绍棣夫人因久病难愈，许君为爱护情深，曾乞医生为之打针，使得无疾而终，早离苦海。”

第一句，战火终于从东北烧到了中原地区，百姓苦不堪言。

第二句，讽喻当局对日寇不抵抗的政策。小瀛洲，杭州西湖上的小岛，又名三潭印月，与湖心亭、阮公墩合称为湖上三岛。此处借指偏安一隅的南宋小朝廷。

第三、四句：“不改唐装束”，说的是民间女子尚能不改民族节气，誓不降日。“汉冕旒”说的是上了年纪的老人皆缅怀汉代帝王气象。“冕旒”，古代大夫以上的礼冠。顶有延，前有旒，故曰“冕旒”。天子之冕十二旒，诸侯九，上大夫七，下大夫五（见《周礼·夏官·弁师》）。这里专指皇冠，借指皇帝、帝位。因为帝王戴的冕冠，其顶端有一块长形冕板，叫“延”。延通常是前圆后方，用以象征天圆地方。延的前后檐，垂有若干串珠玉，以彩线穿组，名曰“冕旒”。鲁迅在观赏汉代铜镜时曾经感慨：“遥想汉人多少闳放……汉唐虽也有边患，但魄力究竟雄大，人民具有不至于为异族奴隶的自信心，或者竟毫未想到，凡取用外来事物的时候，就如将彼俘来一般，绝不介怀。”（《坟·看镜有感》）作为鲁迅挚友的郁达夫，想必经常接触鲁迅的类似思想，自然在国难中怀念汉唐盛世。

第五、六句，说的是在中共影响下发生的西安事变，但又担心抗战变成清流的空谈。

第七、八句，用三国和宋代事例表达了自己的担忧。景升，亦即刘表，山阳高平人，是汉室宗亲。姿貌温伟，少时知名于世，东汉末为镇南将军、荆州牧，世称“刘荆州”，深为曹操所忌。曹操与袁绍相持于河北时，二人争相结纳刘表为外援，然而刘表为人性多疑忌，好于空谈，立意自守而无四方之志，于是两不相助。景升儿子即刘琮。刘表死后，蔡瑁等人废长立幼，奉表次子刘琮为主。曹操南征，刘琮举州以降，荆州遂没。《三国志 吴书》载，曹操曾叹曰“生子当如孙仲谋，刘景升儿子若豚犬（猪狗）耳”。

“帝豫当年亦姓刘”，说的是宋代刘豫。刘豫（1073—1146），景州阜城（今属河北）人，字彦游，元符进士，1112年拜殿中侍御史。金军大举入侵时，他弃官逃走。1128年，他由熟人枢密使张悫推荐出任济南知府。当时山东到处都是抗金武装和盗贼，局势很不稳定，他要求改到江南任职，被朝廷拒绝。他不得已只得上任，但已怀恨在心。不久金军攻济南，济南城中有猛将关胜，多次出战击退金军。刘豫竟受了金军利诱，杀了关胜，出城投降。金军大为满意，封他为京东东、西、淮南安抚使。1129年，完颜宗弼又封刘豫为东平知府兼诸路马步军都总管，节制河外诸军，封其子刘麟为济南知府，实际上已经将金军控制下的黄河以南所有地盘都交给了刘豫。1130年三月，完颜宗弼完成了对南宋小朝廷的追击，但回军时遭到韩世忠和岳飞的痛击，大败于黄天荡，损失惨重。宗弼回军后，金朝廷开始商议立傀儡的事宜。当时比较合适的人选，就是折可求和刘豫二人，刘豫自己也有意于此。完颜挞懒为刘豫保奏，九月，刘豫被册立为大齐皇帝，定都大名府（今河北大名），乐滋滋地当上了傀儡皇帝。金、齐以黄河故道为界，刘豫则甘当金国的儿皇帝。南宋朝廷对刘豫颇为畏惧，居然以敌国之礼相待，在国书称刘豫为大齐皇帝。刘豫的宰相张孝纯等人的家人都在宋，宋朝廷也以礼相待。1132年，刘豫迁都于汴京（今开封）。

郁达夫把投降派比作猪狗不如的刘景升父子和儿皇帝刘豫（都姓刘）。同是帝王，前朝有汉高祖刘邦，汉武帝刘彻，不由让人感慨万千！

其三

中元后夜醉江城，行过严关未解酲。
寂寞渡头人独立，满天明月看潮生。

这是郁达夫《毁家诗记》第三首。

中元，即中元节，亦称鬼节。中国古代以农历正月十五为上元，七月十五为中元，十月十五为下元。上元是天官赐福日，中元为地官赦罪日，下元为水官解厄日。所以会在中元时做水陆道场，普渡孤魂野鬼。

严关，即严州，亦称严州府，地处浙江建德、淳安一带。宋时曾为建德府，明洪武八年，置中书省，改为严州府，隶浙江布政使司，领建德、淳安、桐庐、遂安、寿昌、分水等六县。今府治不存。

解酲，醒酒。

最后一句化唐朝张若虚《春江花月夜》：“春江潮水连海平，海上明月共潮生。”

在诗后，郁达夫自写注解：“八·一三战事，继七·七而起。我因阻于海道，便自陆路入闽，与中元后一夜到严州。一路晓风残月，行旅之苦，为从来所未历。到闽后，欲令映霞避居富阳，与富春江南岸亲戚家赁得一屋。然住不满两月映霞即告以生活太苦，便随许君绍棣上金华、丽水去同居了。其间曲折，我实不知。只时闻自浙江来人言，谓许厅长新借得一夫人，倒很快乐。我亦只以一笑付之。盖我亦深知许厅长为我的好友，又为浙江教育界领袖，料他乘人之危，占人之妻等事，决不会做。况且，日寇在各地之奸淫掳掠，日日见诸报上，断定在我们自己抗敌阵营里，当然不会发生这种事情。但是人之情感终非理智所能制服，利令智昏，欲自然亦能掩智。所以，我于接到映霞和许君同居信后，虽屡次电促伊来闽，伊终不应。"

郁达夫好酒，在《闽游日记》里几乎每天都有饮酒记载。时而微醺，时而大醉，这恐与其率真的性格和家庭生活大有关系。在战乱中，骨肉流离，天各一方，已经凄切不已。更何况家乡传来的消息，多少有些令人不安。在静夜的渡舟上，伴着满天明月，郁达夫内心的寂寞，与潮俱生。

其四

寒风阵阵雨潇潇，千里行人去路遥。

不是有家归未得，鸣鸠已占凤凰巢。

这是郁达夫《毁家诗记》的第四首。据郁达夫诗后记注，这是郁达夫在福州王天君殿里求得的一张签诗。

1937年底，战祸孔亟，生命惟危，许多人愈加迷信神佛的开示，郁达夫在福州天王庙抽得这样一支下下签(按：也有人认为签诗应该是经过了郁达夫的润色或再创作，否则不可能用典如此贴切，也不可能被郁达夫收入《毁家诗纪》)。

郁达夫在诗后自注："这是我在福州王天君殿里求得的一张签诗。正当年终接政治部电促，将动身返浙去武汉之前夜。诗句奇突，我一路上的心境当然可以不言而喻。一九三八年一月初，果然大雨连朝。我自福州而延平，而龙泉、丽水。到了寓居的头一夜，映霞就拒绝我同房，因许君这几日不去办公，仍在丽水留宿的缘故。第二天，许君去金华开会，我亦去方岩，会见了许多友人。入晚回来，映霞仍拒绝和我同宿，谓月事方来，分宿为佳，我亦含糊应之。但到了第三天，许君自金华回来，将于下午六时去碧湖，映霞突附车同去，与许君在碧湖过了一晚，次日午后，始返丽水。我这才想到了人言之啧啧，想到了我自己的糊涂，于是就请她自决，或随我去武汉，或跟许君同居下去。在这中间，映霞亦似跟许君交涉了很久，许君似不肯正式行结婚手续，所以过了两天，映霞终于挥泪别了许君，和我一同上了武汉。”

据有关资料记载，1937 年 12 月 24 日，日军攻占省会杭州。国民党省政府迁往永康方岩，省建设厅、教育厅等许多重要机构迁到丽水，全省的政治、经济、文化中心开始南移金华和丽水地区。为躲避战乱，王映霞携老母及三个儿子先到富阳避难。眼看富阳战事日益吃紧，1937 年底，王映霞一家五口在时任省教育厅厅长许绍棣的安排下，乘军用嘎斯车来到丽水。

王映霞一家五口避难来到丽水，除了许绍棣的促成之外，还有一个重要的人物，他就是丽水遂昌火柴公司的老板郑宝林先生。王映霞本姓金，名宝琴，1908 年出生于西子湖畔，是出色的南国佳人，1926 年在杭州女师毕业之后，接受省政府教育厅的分发，远赴温州担任第十中附属小学教师，教书之余，寄宿在同为该校教师孙百刚夫妇的家中。孙百刚和郑宝林同为温州瑞安人，也沾亲带故，早在王映霞来丽水之前，孙百刚就和郑宝林打过招呼。

此时的郑宝林，身为丽水县商会会长，浙江省临时参议会的参议员，他所创办的遂昌火柴股份有限公司占地五十亩，有工人五百多人，日产火柴四百篓，远销北至天津、青岛，南至潮州、汕头，是浙江省规模最大的火柴厂。郑宝林虽自持俭朴，却广义好客，在遂昌火柴厂的北郭桥公司旅馆（今市委大院一带），曾招待过国民党的军政要员和文化人士，如孙科、陈诚、刘建绪、罗竹英、沈钧儒、吕公望、严北溟、潘天寿、黄宾虹等。

在上世纪三十年代的丽水城内，遂昌火柴厂的北郭桥公司旅馆是城内最风光的建筑了，有一幢小洋楼，还有几排平房，建筑颇有些西洋风格，小洋楼的后面有亭台楼阁，花草萋萋，惹人显眼。省政府内迁之后，省建设厅、教育厅的要员及许多文化名人都住在这里。王映霞母子五人来丽水后，郑宝林万分热心，安排他们住进丽水遂昌火柴公司北郭桥招待所，免费提供膳宿。当时省政府的许多机关也在这里，许绍棣比王映霞早些时候来住，他们比邻而居。

对于许绍棣狂追王映霞一事，郁达夫也早有所闻。但止于郁、许是多年的朋友，郁达夫每每总是好言规劝王映霞，少跟许绍棣来往，王映霞不以为然。杭州的风雨茅庐建成不久，郁达夫就远赴福州。据《王映霞自传》记载，郁达夫不在家的日子，家中常常是绣衣朱履，杯筹交错，笑语笙歌。常来风雨茅庐的“杭州党政诸人”有省政府主席黄绍竑，杭州市市长周企虞，省教育厅厅长许绍棣等。风雨茅庐的风风雨雨，王映霞与许绍棣的是是非非，已经沸沸扬扬传开之时，远在福州的郁达夫似乎才有所知觉，在日记中写下了“杭州党政诸人的无理高压”这样的话，也是有所实指的。

所以，为了斩断王许之间的关系，1938 年 3 月，郁达夫从福州经南平、龙泉到了丽水。郁达夫到丽水的第二天晚上，丽水文艺家抗敌协会为他举行了酒会，几杯热酒下肚，郁达夫慷慨激昂，发表了热情洋溢的抗战演说。郁达夫此次从福州来丽水，本意是接受郭沫若的邀请，到武汉国防部第三厅担任设计委员，借此机会，他想把一家五口都接到武汉，以此来断绝许绍棣和王映霞之间的联系。无奈王映霞不想去武汉，以老母年老多病不便长途跋涉为由，想留在丽水。郁达夫一口咬定，王映霞不想去武汉，是因为身边有许绍棣。而王映霞矢口否认，说是离难时期多亏了许厅长的帮忙，才不至于流离失所，家破人亡，感谢人家都来不及，这种无端的指责太使人寒心，等等。但不久发生的一件事，却深深地刺痛了郁达夫的心。当时碧湖有个战时儿童保育院，收养许多流浪的儿童。郁达夫到丽水后的第三天，王映霞搭上许绍棣的汽车，说是和许厅长到碧湖视察儿童保育院，顺便为许厅长物色对象。那一夜，两人留宿碧湖彻夜未归。郁达夫伤心之极，以泪掩面。丽水成了他的千古伤心之地。

1938 年 4 月，王映霞与许绍棣关系未果，终于答应跟郁达夫走。郁达夫携妻眷经南昌、九江而至武汉。

其五

千里劳军此一行，计程戒驿慎宵征。
春风渐绿中原土，大纛初明细柳营。
碛里碉壕连作寨，江东子弟妙知兵。
驱车直指彭城道，伫看雄师复两京。

这是郁达夫《毁家诗记》的第五首。

本诗原收《黄河南岸》，又载 1939 年 1 月 17 日新加坡《星周日报晚版·繁星》，诗题作“戊寅春日，北上劳军，视察河防后登五龙顶瞭望敌军营垒，翌日去徐州。”1938 年春天，郁达夫刚到武汉不久，即随中央军政治部组建慰问团赴前线劳军，此为劳军途中所作。

大纛，大旗。细柳营，汉将军周亚夫驻军细柳，史称细柳营，地在咸阳西南。彭城，指徐州。两京，中国历史上曾多次出现过两个京城、两个首都的局面。周代指镐京和雒邑；汉、唐指长安和洛阳；宋代指开卦府和河南府；元代指大都（今北京）和上都开平；明代指北京和南京。郁达夫借指南京与北平，希冀前方将士奋勇杀敌，重现江山一统的局面。

其六

水井沟头血战酣，台儿庄外夕阳昙。
平原立马凝眸处，忽报奇师捷邳郯。

这是郁达夫《毁家诗记》的第六首。

台儿庄地处苏鲁两省交界处，为山东南大门、江苏北屏障，历来为兵家必争之地。今为山东省枣庄市辖区。1938 年春的台儿庄大战，是中国抗日战争八个月以来令国人振奋的第一次大捷，自 1938 年 3 月 25 日到 4 月 6 日为止，共历十三天，包括巷战的三昼夜，双方死亡各超过一万人，景像之惨烈概可想像（今台儿庄大战纪念馆另有说明：中国军队牺牲一万九千人）。日方的矶谷、阪原两师团已溃不成军，急遽撤退，接受整编。

台儿庄大捷震惊中外，英、美、俄等国家派来记者前来参观现场及善后工作，并带来祝贺。中央军政治部派出慰问团到第二集团军指挥部，郁达夫（时任慰问团团长）即席挥毫，写下了这首诗。这首诗的真迹为战后退休的孙连仲将军的上校参谋孟企三先生收藏。

邳郯，指邳、郯两县，皆在台儿庄东面近处，亦为第二集团军的战地。昙，指密布的云气。

郁达夫在诗后自注："四月中，去徐州劳军，并视察河防，在山东、江苏、河南一带，冒烽火炮弹，巡视至一月之久。这中间，映霞日日有邮电去丽水，促许君来武汉，我亦不知其中经过。但从一封许君来信中推测，则因许君又新恋一未婚女士，与映霞似渐渐有了疏远之意。"

其七

清溪曾载紫云回，照影惊鸿水一隈。
州似琵琶人别抱，地犹稽郡我重来。
伤心王谢堂前燕，低首新亭泣后杯。
省识三郎肠断意，马嵬风雨葬花魁。

这是郁达夫《毁家诗记》的第七首。

当时，郁达夫从台儿庄前线慰问团重新回到浙江金华，不久又奉命去武汉第三战区视察。这首诗写他在金华暂留的感受。

第一句，清溪，金华双溪。郁达夫自注"曾宿金华双溪桥畔"。

第二句，"照影惊鸿"，语出陆游《沈园二首》："城上斜阳画角哀，沈园非复旧池台。伤心桥下春波绿，曾是惊鸿照影来。"另一首："梦断香消四十年，沈园柳老不吹绵。此身行作稽山土，犹吊遗踪一泫然。"这两首是陆游悼念他前妻唐琬的诗。唐琬原是陆游的表妹，两人结婚后十分相爱，但是陆游的母亲很不喜欢这个儿媳妇。在封建旧礼教的压迫下，他俩终于被迫离婚。后来唐琬改嫁给赵士程，陆游也另娶了妻子。公元 1155 年春天，陆游到沈园去游玩，偶然遇见了唐琬，两个人都非常难过。陆游感伤地在墙上题了一首《钗头凤》词。唐琬受不了这种刺激，回去后不久便病逝了。1199 年，陆游已经七十五岁，又来到沈园，想起旧事，写了这两首诗。

第三、四句，“州似琵琶人别抱”，承第二句而来。“地犹稽郡我重来”，稽郡，会稽太守，事用汉代朱买臣典故。现据《汉书·朱买臣传》翻说如下：朱买臣，字翁子，吴人。家穷，喜欢读书，不管理产业，经常砍柴卖来维持生计。担着柴，边走边读书。他的妻子也担着柴跟随着，屡次阻止朱买臣在途中唱歌，但朱买臣声音唱得更大。他的妻子认为这是羞耻的事情，请求离他而去。朱买臣笑着说：“我五十岁一定富贵，现在已经四十多岁了。你辛苦的日子很久了，等我富贵之后再报答你。”妻子愤怒地说：“像你这种人，终究要饿死在沟壑中，怎能富贵？”朱买臣不能挽留他，只好任凭她离去。有一天，朱买臣一个人在道路上边走边唱，背着柴在墓间行走。他的前妻和丈夫都去上坟，看到朱买臣又冷又饿，召唤给他饭吃。他仍自强不息，熟读《春秋》、《楚辞》。汉武帝时，由同乡严助推荐，当了汉武帝的中大夫、文学侍臣。他与司马相如、枚乘等人常在一起研讨辞赋，将汉赋文学推到了顶峰。他口才出众，为支持汉武帝在内蒙古设朔方郡，以设郡十有利驳倒了御史大夫公孙弘。东越（粤）王在浙南、闽北一带作乱，朱买臣受命为会稽太守，管辖长江以南至福建的区域。根据东越王迁至泉山以南濒海而居的新情况，他加紧建造楼船（兵船战舰）、筹备军粮和水战兵器。经一年多的战备，尔后与将军韩说一起率领数千官兵，浮海南征，一举击破东越王的叛乱，因功升为主爵都尉、丞相长史。朱买臣被授予会稽太守后，会稽的官员听说太守将到，征召百姓修整道路。县府官员都来迎送，车辆有一百多乘。到了吴界，朱买臣看见他的前妻及丈夫在修路，就停下车，叫后面的车子载上他们到太守府并安置在园中，供给食物。过了一个月，他的妻子上吊而死。朱买臣给她丈夫银两，让他把前妻安葬了。成语“覆水难收”即出典于此。昆剧《朱买臣休妻》、《烂柯山》都取材于这个典故。

郁达夫以沈园陆游、汉代朱买臣自况，感慨自己“妻虽犹在，但已‘似琵琶人别抱’”并渴望自己像汉代朱买臣一样，为国家建功立业。

第五、六句，“王谢堂前燕”，语出刘禹锡怀古诗作《乌衣巷》：“朱雀桥边野草花，乌衣巷口夕阳斜，旧时王谢堂前燕，飞入寻常百姓家。”王谢是东晋时期两位名相王导、谢安家族政治生活场景的故居，座落在闻名海内外的南京夫子庙秦淮河南岸乌衣巷内。东晋时期，秦淮河两岸人烟稠密，乌衣巷地区成为朝廷达官贵族的居住区，华宅高第，鳞次栉比，以宰相王导、谢安为代表的两大家族成员多居住于此。王谢家族涌现出的王羲之、王献之、谢眺、谢惠连、谢灵运等文化巨人，给中国文化、艺术带来了极其深远的影响。中唐诗人刘禹锡曾到此寻访，见王谢故居已人去室空，往日繁华无处探寻，深感世事沧桑，遂写下千古名篇《乌衣巷》。此后，这里成为历代文人墨客向往探索之处，有关诗文不绝于史。

“新亭泣后杯”，语出刘义庆《世说新语·新亭对泣》：(西晋）南下渡江避难的中原人士，每到天气晴朗的日子，就相互约请在新亭聚会，坐在草地上饮酒会餐。周侯顗在席间叹息说：“这里的风景跟洛阳的没什么不同，只是山河国土起了变化！”大家都相互对视，流泪不止。只有王导脸色骤变说：“我们大家应当同心协力来效忠朝廷，收复中原，哪至于像亡国的囚徒一样相对哭泣呢。”郁达夫借此表达了即使家庭遭遇不幸，也要抗战到底的决心。

第七、八句，借用“安史之乱”，唐玄宗无奈在马嵬坡赐死杨贵妃的典故，表达了自己对行将破碎的家庭和婚姻无可奈何的心情。三郎当指唐玄宗。郁达夫在诗后原注："六月底边（按：指1938年6月），又奉命去第三战区视察，曾宿金华双溪桥畔，旧地重来，大有沈园再到之感。许君称病未见。但与季宽主席等一谈浙东防务、碧湖军训等事。"国难家仇，郁达夫大义为重，奔走呼号在抗战第一线。（未完待续）

观鱼解牛

《续雕虫十二年》序

■ 丁锡满

2005年，陈以鸿先生出过一本诗词楹联集《雕虫十二年》，是我写的序。那本书所收的诗联作品，从1988年至1999年，历时共十二年。2012年，陈老先生又给我一包书稿，书名《续雕虫十二年》，所收作品从2000年至2011年，也是十二年。每隔十二年，就有一本厚厚的诗词楹联作品问世，这速度真令人吃惊。写旧体诗词和楹联不同于写散文，它有严格的格律，要讲究平仄、对仗、音韵，文字要凝练，意境要深远，字字推敲，句句锤炼。连古人都有"两句三年得"之说；连王安石这样的大师，为了"春风又绿江南岸"一个"绿"字要换了十几个字才敲定；像贾岛这样的诗人，为了选择一个字，都会忘情于途，连韩太守的轿驾到来都不知回避，可见写诗写联多么劳神费时。不才愚钝，写一首诗或做一副联，往往要花去一天时间。所以我特别钦佩陈以鸿先生笔下的爆发力。要知道，老夫子已是九十高龄的老翁了。九十岁了，头脑还那么清爽，诗思还那么敏捷，创作还那么高产，是多么难得呀。

更难得的是，陈以鸿先生不仅高产，还善于创新。《续雕》的有些诗体，是一般人不敢碰的。他的许多诗在我看来，简直是体操和跳水项目中的高难度动作，《笑傲江湖》中的绝世武功"葵花宝典"。我觉得最难写的有三种：一是在诗词中从头至尾每句都用同一个字。如2001

年为新世纪第一春所作的《沁园春》，上下阕共二十五句，每句都用一个“春”字，春到、春融、春来、春去、春山、春水、春花、春树、春云、春晖，这些“春”字嵌在句中，字义不重复，上下要相联，又讲平仄，又要押韵，这有多难啊！这种诗就像象牙雕刻的微雕，山水画中的工笔，是非常花功夫的。现代人写旧体诗，极少有人这样写；就是古代人，也是不多的。《红楼梦》中林黛玉的《桃花行》我是非常喜欢的，好多句子铭记于心。但《桃花行》中的三十四句诗，也只有九句有桃花二字，已经使人觉得落英缤纷了，而陈以鸿先生竟可写出二十五个春字！2002 年春节，陈先生再作一首《减字木兰花》咏春，也是句句含春，且与《沁园春》并不重复。第二种高难度的创作是正反同形。2003 年是画家戴敦邦先生主持的“田笙昆曲研习会”成立八周年，陈以鸿先生做一嵌名贺联：“田林美景同幽赏，笙笛同音奏吉羊”，把“田笙”的会名和戴敦邦先生所住的田林新村村名都嵌在其中。嵌名联不算难，这副联的难处在于正反同形，把上下联十四字用篆书写出来，左右正反的字形完全一样。要选出这样十四个字，又把业余昆曲社的社名、性质和会址都在其中表达出来，这就难了。第三种高难度的诗是七言歌行体长诗。2004 年雅典奥运会时陈先生写了 1008 字的长诗，一一指名歌颂中国运动员雅典为国争光。2008 年北京奥运会时再写 2008 字长诗，写尽北京奥运风光。2008 字，就是一篇散文也是较长的，何况是韵文！这样长的歌行，就是古人也没有写过。此外还有一种高难度的诗是组诗。组诗本不是高难度的，可 2008 年陈老在看了电视片改革开放中《三十年三十人》后写的纪念改革开放三十年为三十位风云人物量身定制的三十首七律，就是一件很花功夫、难度很高的活。

还不止这些。《续雕》的很多作品是一般诗家联家写不出来的。有副嵌名联，是赠给郑纲、徐雅清夫妇和他们的女儿郑淑超的，只有十四个字，就把三个人的名字都嵌在上面："郑笺纲鉴教行淑，雅奏清歌引志超。"十四个字中，名字就占了六个字，且还能字相对，意相联，还把徐雅清在汉语大词典出版社的工作也写出来，真是绝了。

陈老作诗撰联，既不是无病呻吟，也不止是老友唱和，更多的是现实生活的描画，合着时代的节拍与时俱进，表现了一位老诗人的青春朝气和勃勃豪情。"老当益壮，宁知白首之心。"字里行间，充满着对国家的爱，对人类的爱，对生活的爱。我以为，凡是写给别人看的东西，总要使人家看了之后能得到一点什么，或者给人知识，或者使人陶怡，总之应当"开卷有益"。现在报上许多文章，絮絮叨叨，啰啰嗦嗦，尽说些家庭琐事或朋友交往，毫无意义。你说了半天，与我何干？于我何益？我为什么要看你的文章？更有一些所谓现代派"诗人"，满纸梦呓，不知所云。人虽未老，诗文却如糊涂老人，还不如九十岁的陈以鸿先生清醒呢。

陈以鸿先生还有一种绝艺叫吟诵。这在一百年前，私塾里的孩童都会。他们捧着书本跟着老学究摇头晃脑地吟诵"关关雎鸠，在河之洲"，书声琅琅，令上不起学的穷孩好生羡慕。我听过楚辞研究专家文怀沙先生的吟诵。文老白发白须，仙风道骨，念起诗来浅吟低唱，抑扬顿挫，给听者一种美的享受。所谓"吟诗作对"，可见诗是要"吟"的。吟诵不同于朗诵。它有共同的规则，还有不同的派别，近代我们江南的吟诵派别有"唐调"。它的创始人是无锡国专和交通大学的校长唐文治先生（1865—1954），他吟诵古文和诗词有自己的风格。陈以鸿先生就是唐文治的学生，可以说是硕果仅存的唐调传人。如今的唐调，犹如大熊猫和红豆杉那般珍稀，上海杨浦区教师进修学院的杨先国院长和刘德隆教授在杨浦区的中小学传承着这一濒临绝灭的文化传统，陈以鸿先生常被他们请去指导讲课。

我曾一再表示最害怕为人作序，为什么却一再为陈以鸿先生献笔呢？一是我以为必须为陈老的绝艺呐喊，引起世人的关注，勿使每句同字、正反同形、长篇歌行和唐调吟诵这些高难度的诗歌创作和吟诵失传，使它成为诗客和骚人的一种生活。二是有感于陈以鸿先生的高德，他以九十之龄，蜗居在二十多平方米的陋室之中，埋首于堆叠成林的书山之谷，以诗联歌颂时代，饷艺于人。这种陋室藏大隐、草窝棲凤凰的生活，如今能有几人可效？我十分尊敬他，故为之序。

义山诗絮

■ 王铁麟

锦瑟

锦瑟无端五十弦，一弦一柱思华年。
庄生晓梦迷蝴蝶，望帝春心托杜鹃。
沧海月明珠有泪，蓝田日暖玉生烟。
此情可待成追忆，只是当时已惘然。

李商隐是将中国感伤主义诗歌推向极至的杰出诗人。由于个人感情生活和时代政治的复杂多变，他的作品风格隐晦曲奥，用典贴切，遣词造句极其美丽，传统的比兴寄托、象征手法在他手中已达到了中国古典诗词的最高峰。那些似乎随意营造的朦胧氛围，能带人迅速溶入特定的感情世界一起沉浮。为表达个人难以明说的心迹，他习惯将这类诗标名为《无题》。他的悼亡诗更是其爱情生活的一种血泪载体。正如本篇以及《正月崇让宅》、《悼伤后赴东蜀辟至散关遇雪》等，无不具有催人泪下的魅力，其内容之深微、意境之美丽、意象之纤柔、语言之圆润与稍前李贺追求感官之刺激和意象不明之跳跃，有很大的不同。人说李商隐身上有李贺的影子，这是仅就绮艳一格而言的。刘学锴先生说“李商隐是五七言诗词化过程中的一个带终结性的人物” （《李商隐诗歌研究·源流篇》），后代婉约词的迅速发展无不从李商隐的作品中获得丰富的养料。

作者一生坎坷，这与他的感情生活有很大关系，本篇即是诗人晚年，带有终结性质的追念中途逝去的爱妻王氏的作品。

提起此篇，可以说是中国诗史上最难解说的诗。全篇以悼妻为主题，以意识的流动为手段，织出一幅幅似孤立又环连、似虚幻又具象的画面，而诗人从画面的组合中获得抒发苦情的满足。

首联“无端”是哀伤至极发出的呓语。诗人认定妻子不该逝去，然而事实只能让诗人从痛极的思念中去寻觅过去的梦。颔联用了一组义涉虚无的典故。先是庄子化蝶、蝶化庄子，虚实互转，取义人生无常、生死无界；后借望帝亡魂化为杜鹃，暮春啼血的传说直抒妻亡的悲哀。意识的流动到颈联达到了高潮，“沧海月明”与“蓝田日暖”，使诗人在冷暖对比的落差中泛起爱的追忆，然而逝去的一切不再回归，因此温馨中有冷酷，向往中透出无限悲凉。沧海月明，别离在即，蓝田日暖，可望而不可亲。梦终要醒的，于是诗人用“只是当时已惘然”不加掩饰地道出了一生沉沦的主要原因：当时诗人与王氏的联姻不可避免地卷入一场政治斗争的漩涡，同时曾施恩于李的令狐父子与王氏父亲李党中坚的王茂元势不两立，而令狐一派在商隐一生相继执政，诗人是至情之人，他早就朦胧地感到今生要为所爱付出沉重的代价。《锦瑟》是人世间至诚情感的曲折表达，也是中国诗史上一曲永恒的爱的颂歌。

无题四首之“飒飒东风”

飒飒东风细雨来，芙蓉塘外有轻雷。
金蟾啮锁烧香入，玉虎牵丝汲井回。
贾氏窥帘韩椽少，宓妃留枕魏王才。
春心莫共花争发，一寸相思一寸灰。

李商隐的《无题》诗是规则律动期的典型代表，他创造了中国古典诗歌唯美主义的唯一，作品美丽朦胧，似真似幻的呓语式的心曲披露，在严格的声律限制中得到表现并达到极致，这在两百年前是不可能出现的。我们诵读李诗，感觉到的不仅是文学的形象美，还有声调规则所产生的整肃气象及与之并生的音乐美。这样的诗人还有很多，之前如杜甫、杜牧；之后如苏轼、黄庭坚等，一直延续到近代。阅读他们的诗是一种至高的享受。

这是一首描写苦恋的名篇。诗人从中寄托了相思无望的痛苦，因为主人公的属意对象是一位被幽居的贵族女子。

无题诗中所表露的感情轨迹是在有无之间，那一丝痕迹必须从作品的细密处寻觅。体味本篇浓重清冷的神秘气氛是解读这首诗的钥匙。

首二句以动感的“细雨”和车骑的声响描状女子的来到。荷花池作为景的选择，隐喻女子的清雅脱俗。颔联以“金蟾”和“玉虎”属对，进一层隐喻女子的高贵身份。“烧香入”、“汲井回”透露出诗中男女主人公因身份悬殊而无缘再见的无奈。人非香烟，欲进无门，我非汲井引水，也无缘与水相近。两句纯以物象的雕琢来喻状人物痛苦而无法释放的相思之恨。颈联一脉而下，“贾氏”和“宓妃”是贵族女子的代表，自然地与颔联物象呼应，用典贴切，吻合诗情。诗中男主人公感激对方的相遇相知，从无缘再见的绝望情绪中发出了古今失恋者的同声呼告。尾联的春心萌发和相思成灰形成对照，不可遏止的希望与悲剧的结局总是缠绕在一块，这是悲情的同一归宿。“莫共”二字，说明自己也想从感情的漩涡中挣脱出来，然而，做得到吗?末句中“一寸”两字的重叠，更将相思之情具象化了，这是诗人的创举。

全篇构思严密，末二句成为千古传颂的名句。

无题二首之“重帏深下”

重帏深下莫愁堂，卧后清宵细细长。
神女生涯原是梦，小姑居处本无郎。
风波不信菱枝弱，月露谁教桂叶香?
直道相思了无益，未妨惆怅是清狂。

这是篇追怀亡妻王氏的作品，抒发了无法排遣的苦思，并着力表达了对亡妻的深深歉疚。

一般说，诗人的无题诗表现的是难以明言的心迹和苦闷，而笔墨的力度则倾注在感情的深隐和由此铸成的心理烙痕上。那么，悼念亡妻又何必如此闪烁其词呢？关键在于诗人从颈联发出的呼声，我们可以从中发现婚后的隐痛。“风波”和“菱枝弱”形成的尖锐矛盾使诗人愤怒。朋党之徒连个弱女子都不肯放过，而妻子贤淑幽婉的闺秀风度又正如“桂叶”在“月露”中阵阵飘香，越发使对方因妒恨而处处设障了。诗人同王茂元之女的结合在感情上是幸福的，然而因婚姻而引发的政治上的失意却是隐幽深微、难以道明的。宦海险恶，诗人在触及这一难言之隐时，写作态度十分谨慎。概观古今，也只有诗人能向逝者和后人奉献出如此风格的悼亡诗。本篇与《锦瑟》有相似处，但《锦》篇着力于“爱”，而这首却透露出一个“歉”字。

作品从眼前写起，先重现了妻未嫁的场景，随后用“细细长”将“清宵”定格。诗人化用巫山神女的故事，点明婚姻是场大梦，接着用南朝乐府《清溪小姑曲》中“小姑所居，独处无郎”的句意，表示了对妻下嫁自己的歉疚之心。颈联是诗人的名句，以风波凌弱和月露飘香两个反差极大的画面，展现现实与追求的矛盾。诗人深爱妻子，不仅因她是王氏之女，更是羡慕她的人品。月露之下，桂叶飘香的意境着实令人神往。但是，“菱枝弱”虽不信“风波”却敌不过“风波”，最后仍不免落个玉殒香消的结局。这是诗人摆脱不了党争而引发的，也是歉疚心理的根源。在诗的最后，我们仿佛看到一个近似疯狂的诗人，在抒发不可遏制的思念与痛苦。全诗不偏重用典，用词凄幽哀怨，与诗人要表达的主旨统一得十分和谐。

板桥晓别

回望高城落晓河，长亭窗户压微波。

水仙欲上鲤鱼去，一夜芙蓉红泪多。

这是一篇描绘别离之情的美丽作品，对象是一位被诗人深深爱恋的女子。

全篇写离愁别恨。首句“回望”二字直写惜别，接着以时空的交叠透露出与恋人好事不再的怅惘。次句表面看纯是写景，但讲究的遣词旨在为描写别情作进一步渲染。第三句写憾极而生的幻想，也是诗人的自我安慰。然而幻想与安慰成泡影，剩下的仍是生生的别离，末句的含意正与首句相合。诗篇诸多美丽的意象如晓河、长亭、微波、水仙、鲤鱼、芙蓉、红泪等，为烘托哀惋凄恻的惜别之情组合成一道情景交融的风景线。

安定城楼

迢递高城百尺楼，绿杨城外尽汀洲。
贾生年少虚垂涕，王粲春来更远游。
永忆江湖归白发，欲回天地入扁舟。
不知腐鼠成滋味，猜意鹓雏竟未休。

《锦瑟》末二句“此情可待成追忆，只是当时已惘然”，指的即是与王氏联姻的一种感受。本篇写于与王氏结合的当年，诗人应试未中，但爱情生活的顺遂，让功名失落感变得不那么强烈。作品以范蠡功成身退的事实，寄托自己对退隐生活的向往，表抒了党争给他带来的怨愤心情。

诗人在作品最后用庄子见惠子、鹓雏不食腐鼠的典，痛斥为功名利禄团团转的小人。全篇将婚情与对党争的不满交错写来，内心回荡着面对矛盾无法统一的苦闷。诗人通过物象的认定，将个人的某段经历和所用典故的繁多内涵中的一个点进行结合，最终形成诗人主体知性活动中的一道新的轨迹，从而完成作品的语境创意。它与西方诗论中强调的“以物观物”亦即用分析演绎的程序去实现描写事物的本身有很大的差别，因为后者注重诗人主体在作品中的直接诠释与分析，而李诗重在语言的内蓄，其特点是从语言表述的物象堆砌中，激发作者的通感，以产生新一轮的构想。这构想也许就成为作品完整的语境诠释。

中国诗词活用典故的例子举不胜举，其成功之处在于对典故内涵的认定不囿一律，而是依据主体要求去挖掘其中一个点，并与个人的表意相统一。今天，我们也可将它看作是创作思路的一大贡献吧。

春雨

帐卧新春白袷衣，白门寥落意多违。
红楼隔雨相望冷，珠箔飘灯独自归。
远路应悲春晼晚，残宵犹得梦依稀。
玉珰缄札何由达，万里云罗一雁飞。

规则律动期的诗歌常以色彩和心理的交错层叠来营造作品的氛围，用词浓烈、艳丽，本篇可以说是这一风格的典型，也是李诗的当行之篇。

颔联的“红楼”与首联的“白门”相比照。“红”是她过去的住所，“白”是诗人的所在。红楼人去，白门冷落，红白相衬，在色彩上给作品增添了一分美丽。颔联是诗人的名句，清代著名词人纳兰性德的名句“梦里红楼，望个人儿见”（《雨霖铃·种柳》），就是从本联化出的。“红楼隔雨”和“珠箔飘灯”，散发出浓重的冷寂美，而这一美的境界在状写风雨的动态情景中得以完成，“相望冷”和“独自归”又恰是心理和行为的必然归宿，形成作品的悲剧情结。

颈联像是两人的对话，一个是远路悲春，另一个是春宵得梦，有情人衷肠互诉，无奈都在虚无中。“春晼晚”和“梦依稀”是无奈情状的具象化，是近于哀鸣的心理写照，诗人想从中挣脱，传送一束思念的花絮，奈何万里云罗，无人可托。寂寞中只有一只孤雁在独自飞着，它可靠吗？能充当两地传书的信使吗？诗人又觉得迷惘了。这种迷惘的心理与大反差的色彩，冷与动的感觉，将诗人想要表达的情愫传送得缠绵悱恻，楚楚可怜。全篇冷艳凄清的风格与描摹人间至情的感情基调是统一和谐的，其哀婉的个性语言与晚唐其他诗人的丽语，为以后词的语言的独立发展，尤其是婉约词的成熟建立了不朽的功勋。当今学者称李诗是词化的诗，虽在逻辑上有些讲不通，但究其实，还是有相当道理的。